等烟雨

王鸿雁 著

上海文化出版社

图书在版编目（CIP）数据

等烟雨 / 王鸿雁著 . —上海：上海文化出版社，
2022.9

ISBN 978-7-5535-2500-6

Ⅰ . ①等… Ⅱ . ①王… Ⅲ . ①散文集－中国－当代
Ⅳ . ① I267

中国版本图书馆 CIP 数据核字（2022）第 159970 号

出 版 人：姜逸青
责任编辑：顾杏娣
装帧设计：建森工作室

书 名：等烟雨
作 者：王鸿雁
出 版：上海世纪出版集团 上海文化出版社
地 址：上海市闵行区号景路 159 弄 A 座 3 楼 201101
发 行：上海文艺出版社发行中心
    上海市闵行区号景路 159 弄 A 座 2 楼 206 室 201101
印 刷：陕西海丰印刷有限公司
开 本：880×1230 1/32
印 张：10.25
印 次：2022 年 11 月第一版 2022 年 11 月第一次印刷
书 号：ISBN 978-7-5535-2500-6/I.962
定 价：56.00 元

告 读 者： 如发现本书有质量问题请与印刷厂质量科联系 T：029-81159898

候来的烟雨

李建森

认识王鸿雁是从出版李一尘的散文作品开始的。第一本书《双面双生》是当时还是十五岁高中生的李一尘的作品,英气勃发。十年后,经历了清华大学本科、复旦大学硕士研究生阶段,已经就职于世界五百强企业的李一尘又出版了长篇小说《逆生》。这两本书的统筹都出自王鸿雁的手笔,从编稿到与出版社洽谈合作、设计印刷和首发式,一竿子插到底,是用心用力的操持,大爱在心。她是李一尘的母亲。

在这十年里,以孩子的学业成就和作品出版作为标志,王鸿雁是母亲的身份,却又充当了一个"出版人"的角色。孩子的优秀来自原生家庭的习态,"有其母必有其女"是逻辑,更是辩证关系。那时候,王鸿雁从事专业技术工作,同时兼职电台热线节目主持人，在报纸开过专栏，技术专长里有着文学、艺术的浸染，潇洒恣意，活得风生水起。

王鸿雁生活在西安，她生命的底色潜移默化地受到千年帝都文化的熏染，其个人的生长和时代的度过，既是时间的，也是空间的。历史和传统的标本消逝迅疾，一个现代人的不适感俯拾皆是。王鸿雁作为见证者，在理想和现实的并置中，有着矛盾的焦虑和忧患。作为一个生命个体，王鸿雁以文字的形式，记录了对自然、时代以及社会的解读，个性存在的同时，共性也在衍生。

这本《等烟雨》就是解读的例证，表露着理想的价值和生活的厚度。她的理想价值是对个体身份的坚守，作为高级工程师、主持人、作家、妻子、女儿、母亲、姐妹等不同的个人身份，每一个身份的操守背后是责任和义务，她竭尽所能承担好每一个角色，并且知行合一。她还常常会去听一场音乐会，看一个美术展，她的热情和热爱是骨子里的。经历时间淘洗的生活累积才有厚度，平常日子的诗意和远方其实就在不经意处。

烟雨就是烟雾一样的细雨，此不是常态，是生命中并不平静的一种蒸腾。在最顶级的中国山水画里，烟雨苍茫寄托了几多志向的远大和豪迈。等烟雨，是一种恭候的心态和姿态，人生是需要这种积极且进取的生活状态，有此立场，生命的成长、成熟和成功，才会更有态度和温度。这本《等烟雨》，是多元化的日常写作，切入点虽是细碎和微小的，发力处却都能以小见大，读来很有质感。这些文字，有为约稿而作的，更有自发而成为惯性的写作，毫无疑问这些都是个人对表达的选择，言简意赅，却高屋建瓴，充满着澎湃的激情。

王鸿雁的《问瓦》《见瓦》作为专题作品收官以后，获得的好评和美誉很多。最近几年里，王鸿雁主持了"左右客读吧"，是西安城里乃至读书界的一张名片了！这次的散文集《等烟雨》是综合型写作，题材多样，内容丰满，表达更是真情弥漫，是真正动心的抒写，明眼的读者也会从此烟雨里感受到氤氲温润的真烟雨，文化与文艺并存，真诚与真情共鸣，锐气和勇力同在。

有情有爱，才是候来的烟雨。

目录

壹·恋恋旧物日月长

贰 · 孤独的狂欢

叁·守候北极光

肆·此情与风月无关

后记

壹 · 恋恋旧物日月长

恋恋旧物日月长

我是一个恋旧的人，还在十八岁年纪就被一个研究手相的前辈从掌纹上道破玄机。自此，对一切拥有生命痕迹的人和物，乃至回忆与时光，一概不舍。这种与生俱来的恋旧情结，我都心安理得地归结于上天所赐。

如果以为我是积攒破烂的专业户，那就大错特错了。多年以前我就是"断、舍、离"观念的倡导者和践行者。我所恋惜的旧物，一定是与其有情感交融或岁月纪念的生命体。物愈旧，情愈深。

去年搬家时清理一个收纳盒，我悲喜交集地发现了中学时代的几本读书笔记，用针线整齐地钉在一起，至今连纸页边角都平整如初。几近半个世纪的时光，个人成长的几次变迁，从"大家"到"小家"的多次搬迁，这一摞笔记本何以久经动荡留存至今，其中任何一个环节的蛛丝马迹我都完全处于失忆状态。也就是说，收藏这几个笔记本绝无刻意的成分，真的是下意识的作为，是天意使然，是命中注定！如今翻看着这些一笔一画的认真模样，便想起曾经年少时光的诸多场景，那年那月那时，那种种青葱过往的情状呼啸而来……

除此之外，与我相随的旧物既定是刻意为之了。人生更迭过多少个光阴，对这些旧物的不舍几乎成了我潜移默化的宿命。细表一下我的藏品哦：初恋男友求学远离家乡时所赠的红皮日记本和一个孔雀造型的小胸针；我与我家先生热恋时，他从北京香山采来送我的一枚红叶；我人生的第一块"上海牌"坤表；新娘的嫁衣——那桃色的织锦缎薄袄；女儿出生后用的第一个襁褓，以及女儿在婴儿期和儿童时期我娘在不同阶段为她手工缝制的女红；还有我娘在晚年时为我一针一针编织的马海毛外套；还有纸笔书信时代往复的封封情书和代表着天南地北友谊的飞鸿；一张明信片、一个手绘的笔记本、一片写满了心思的纸张；还有，还有……

当与生命中发生情感的旧物纠缠的时光一旦有了年头，就更觉眷恋难舍。何忍相弃？何忍离别？于是，我将这些旧物统统收藏于父亲在上世纪50年代初支援大西北来西安时用的手提牛皮箱里（嗯，这个皮箱也算我的旧物收藏）。虽几经折腾，但一直相伴左右，并且终将陪我走完人生之路。

　　旧物亦有灵魂，它不仅仅是物种的生命体态，更是一个人活在这个时空中心灵情感牵绊、羁绊的遥相呼应。置身于这个飞速发展的时代，我时不时会闪现出莫名恐慌，我怕少了回望的链接，人生犹如在黑洞中遗失掉时间与空间，成为一个被扭曲的怪胎。每一天面对日新月异的现代科技，却又不断地生出无根之感。尤其可悲的是，随着年龄渐老、时间流逝，很多"记忆"逐渐被消失，这个时候我就渴望能在身边的物件中寻找熟悉感，用似曾相识的参照系，寻求心灵的安稳。旧物陌陌情似海，人生悠悠潜修行。正是这些毫无经济价值的旧物在不经意间常常带给我感动，让我在抚摸旧物的同时从现实生活中一次次回归本真，我才能够时不时地修正跑调了的琴弦，使人生的音符始终如一律动在真善美的华章里。

　　人若真是万物之灵，必然笃信万物有灵。对旧物施以敬，给予爱，常怀感恩之情，旧物定不负你。它就是一棵生命力顽强的忘忧草，常念常新地为我的生命镀上了一层暖色。有了这些半生缘、一世情的旧物相伴左右，来日回望，人生便不会只是一摞表格或一串数字，而是一座由岁月堆砌而成的"小山"。现如今，乍一看可以坐地日行八万里，大家快马加鞭地从精神到物质追求着与时俱进，然而总有一些人习惯停留在时间的某个角落细数时光，我便是这些人中最深情的那一个。

我并非病态般的怀旧，我非常清楚从前是回不去的，也没想回去，回去了自己也可能已经很不习惯。我只是用这种形式在收藏自己，用旧物勾起往昔的回忆，让我的思绪时不时地在旧事里驻足片刻。其实，人生的每个阶段都是有经纬度的，纵横交错，这些阶段里的旧物无疑就成了人生的经纬线，怀旧的过程就是将自己的经历编织成衫，一件只温暖自己的华服。生活，本来就应该是丰满的、有滋味的，而不是干瘪的、苦涩的。

有一位堪称完美吃货的小女友在送我她新出版的散文集的扉页上题写了："春葱秋芥证流年"。嘿嘿，我好开心，我们当属同一类人，都在用自己情有独钟美好记忆的片段，在匆匆的流年里，慢慢走，浅浅喜，深深爱……

世事如云，浮生若梦。在旧物里与岁月彻夜长谈，无言也胜万语千言。人生如斯道不尽，旧物相随总关情。旧物里包含的隐形世界完美的衬托了我的怀旧与不舍。

有些事，记得便好。

《送别》之殇

　　古城整冬无雪，手机天气 APP 预报的两场雪，最终都落在了秦岭深处，下在了朋友圈里。

　　这个冬季我又一次错过了与一场雪的美丽邂逅。

　　早春时节，已是桃李芳菲秀色争艳的时候，一场从夜半开始持续到第二天午后的中雨，让气温骤降了近 20℃。临近傍晚，我正坐在钢琴前与黑白色的琴键亲密接触，冷雨突然变成了久未见过的雪霰，噼啪落地有声，随后，大如鹅毛的雪片开始乱云飞渡般飘舞在我的窗前。我站立在客厅的飘窗前凝望着雪花狂飞，南面那一片与我视线平行的构树林在纷纷扬扬的雪花里暮色苍茫。这些枯枝树杈，在整个无雪的冬天，承受着持久的气虚，而在春天里终于等来了一场雪的滋润，它们伸展开挺拔的身姿以傲雪迎春的壮美仪式在向冬天告别。

也许是目睹了眼前大片大片雪花飞舞出的迷蒙，一种伤怀之美翩然而至，复回到钢琴前弹到《送别》的最后一句"一觚浊酒尽余欢，今宵别梦寒"时，我突然就哭得稀里哗啦。

这几年来，我一直在怀疑更年期就是生命的一张返程车票，它让一颗经历了风雨人生的心脏重新回到了婴儿时期的柔软和脆弱，流泪成了所有情绪表达的唯一方式。喜欢《送别》这支充满了岁月往事的曲子，每一次敲击琴键时都唯恐弄丢了记忆里的旋律而会复习这支曲子，常常情不自禁地跟着曲调哼唱。但每当唱至结尾句"一觚浊酒尽余欢，今宵别梦寒"，泪水就会打湿眼眶，弹一百次，就会有一百零一次泪目。今天也许是因为雪舞苍茫的背景渲染，突然就泪奔而涌出。

实话说，在我几十年的生活里送别的经历几乎为零。因为成长、生活、学习、工作在同一个城市，我所有的送别经验只停留在上世纪 70 年代绿皮火车时代的站台上。

那是电影里的情节。一个要去远方的人儿登上火车，从车窗探出了半个身子，另一个送别的姑娘立在站台上踮着脚尖，前倾上身扒在车窗上紧紧拉着心上人的手，两双手像用胶粘在了一起，久久握着不愿松开。当火车那一声气笛鸣响，列车哐哧哐哧开动了，那个站台上的姑娘跟着渐渐加速的列车向前追去，直到列车消失在地平线的尽头……镜头重新摇回到空旷的站台上，定格在一个泪流满面姑娘脸上的特写。

再还有，就是为了预防老年痴呆，这半年来自己在家摸索操练琴键，练习弹奏《送别》时，出现在我眼前李叔同与日本妻子春山淑子相别的一幕。

一场抉择，李叔同摆脱尘念，抛弃爱情与亲情，遁入佛门，成为弘一法师。俗世佛途，互成陌路。而这首感动数代人的《送别》，就是李叔同写给妻子春山淑子的永别信。

我的视觉里总是一遍遍回放电影《一轮明月》中的那个片段：在雾气朦胧的西子湖上，两艘木船彼此靠近，一艘船上站着一位衣着朴素的僧人，另一艘船上则是穿着和服抱着幼女的淑子。

船开行了，李叔同未曾回头，但见一桨一桨荡向湖心，直到连人带船一齐埋没湖云深处。就是最后一刻李叔同依然没有回头，妻子淑子伤心欲绝大哭而去……

刹那即是永恒，永恒亦是刹那。此次永诀，叔同与淑子再无见面。

一念放下，万般从容。从此，红尘内外两茫茫。

"天之涯，地之角，知交半零落。一瓢浊酒尽余欢，今宵别梦寒。"这首名流千古的《送别》，以"悲欣交集"的绝笔令无数观者为之肠断人间多少别愁滋味。

悲欣交集！这人生之感悟是否只有亲身经历了才有资格说尽平生意。

那一日，老朋友从遥远的海上来到古城，在我人生的下半场开启了第一次关于《送别》篇章的铺陈。友人返程时，我执意要将他送进候机大厅，再送至安检处。我站在二十米远处隔栏前远远地看他随着队形往前挪动。他转过身回望，我在原处向他挥手再见；他再转过身回望，我还在原处与他挥手道别。当友人的身影消失在安检门的那一个瞬间，我的眼睛悄悄地蒙上了泪水。只一刹那，莫名心动。"相见亦难，别亦难"的现场版真实的复制在了我的眼前。我不知道这是否也属于爱的范畴，悄无声息。友人是不知道的，也没有人知道。

诗人说：每一朵花开都是奇迹，每一次心动都是爱情。呵呵，我不是诗人，但我以为，所有的情绪无一不暗含着造物的秘密，短暂而永恒。

2020年，真是一个自我改变的年代。因为疫情，我改变了很多。例如，不再先睹为快地追求银幕的观影效果，感兴趣的片子院线下了转到网络上再看也没觉得缺失了什么；还例如，坚持了十几年用听一场新年音乐会跨年的仪式今年是一点冲动都没有了。我变得更加善感，常常为生活中的一点小事感动不已。独处变成了常态，更愿意忠实于内心的想法，兴之所致，做随性自在的自己。只是骨子里所弥漫的那股自然而浪漫的气息已经在不知不觉间深入到灵魂中了。

想起了那个晚上和朋友一起喝酒，喝一瓶透着淡淡玫瑰花色的李子酒。不知是因为酒里的糖度可心，还是因为酒中透着爱情的色彩，短短的时间我们就喝掉了一大半。微醺的感觉真好，微醺的时候是可以放纵情怀的，我手执酒杯醉眼朦胧不知由何而起的轻声唱起了一首秦歌中的几句："面对面睡着额还想你，今生咱无缘情未了，来世俄早早地等着你，等着你……"一杯酒，引来情绪万种。但又何尝不是世事多缠绕，世味多寡淡，削减了太多本该有的爱情与亲情，遗落了太多本应有的情真与意切。

生命来来往往，年轻时只道是寻常。如今年过半百，蓦然回首，岁月依然，人和事却有着太多的变幻。所有囫囵而过的岁月，皆成了回不去的曾经，稍不留神，就会如流沙从握紧拳头的指缝中悄然滑落。

我不知道，每个人的命运是不是从开始就由上苍安排好各就各位，所以才会在命运的每一个岔路口有一种无形地牵引将人导向该去的方向。但我知道，也似乎有所领悟，有些冥冥之中的注定，就是命运的安排，由不得个体的抗争。就如让人为之悲泣伤感了一个世纪的李叔同与日本妻子春山淑子的《送别》之殇。

殇，一个不动声色便足以传达哀怨的字眼，一个令人欲哭无泪的字眼，它让人叹息生命的转瞬即逝。一首《送别》，陪伴了多少人的肝肠寸断。在我们人生的经验里，又有多少人能躲过《送别》的洗礼。就像进入到我现在这个年龄段，一个猝不及防就会跌入到亲情、友情的滑铁卢，令你惊慌，措手不及。

人是要经历过多少的疲惫和欲说还休，才能最终归于一种面对生命和造物本身时的纯然、澄澈和欣悦。但我相信，很多人就是因为经历多了而渐渐读懂了生命，又因为对生命有了感知而对亲人、故友更加柔软的慈悲。

又是一年杏花烟雨飘过，又多一岁华发不胜竹簪。疫情时代的我每一天的生活就像单曲循环，说不上好，也不算差，就是有些无味。一场飞雪引发了送别的伤怀，让这个早春的暮色变得悱恻缠绵，柔肠百转。其实不管是三十而立，还是六十花甲，人生体验过一次送别之殇就像完成了一种神圣的仪式。岁月逝去，而爱在成长，天地间任他繁花似锦抑或枯萎凋零，人间真情，都无处不在。

梧桐如故

　　从陕西南路拐进绍兴路，那安静与文艺的气息就顺着细碎的阳光从老梧桐树错落的枝桠间洒落下来。

　　一路两边的啤酒屋、花店、咖啡店柔情着这个夏日的静美时光，世界上所有的喧嚣都在片刻之间隐遁了！

　　这是辛丑年七月上旬一个晴朗日子的午后时光，我独自一人就在这条梧桐道上漫无目的来回走过。我喜欢梧桐树，尤其喜爱被老梧桐树冠夹裹起来的树荫道。

　　成年之后，我工作的单位和居所毗邻西安交通大学，西安交大北门外面就是一条长约百米的梧桐道。梧桐树长得高挑端直，枝条开展，树冠广阔，叶大如掌，树皮都是浅浅翠绿的颜色。那阔大清晰似枫叶形状的梧桐叶，在阳光的透射下斑斓美丽，秋意深浓时最为迷人。

印象中梧桐叶在秋冬交替时不落完是不罢休的，只是一夜强劲的秋风，就像是一只无形的僧人之手在为梧桐树做了剃度，那一树已经焦黄的叶子就纷纷脱离了树枝，如树的发丝般散落一地。第二天清晨，交大围墙外的梧桐道上就铺满了厚厚一层落叶。那年月，城市里还不时兴有大批量保洁员责任制的经管百米路段，至少这条人行道像是有意不扫落叶的景观道会存在很多个日子。当梧桐叶落满小道的时候，也将一些愁绪落在心头，我就在秋风细雨中一年一年踩着梧桐叶的地毯走过漫漫的青春季节。

也许是要等树上的叶子都落光了，清洁工人才一次性扫完吧。与现在创建文明城市要求的条例相比较，至少在扫落叶这件事上，我更喜欢"懒政"一点的管理，没有落叶的街道，则少了多少秋天的韵味。

不知道从什么时候起，再也看不到梧桐落叶渲染出的悲壮气氛了，都到了来年的春天，梧桐树上朱红绀赭般的叶子还风姿绰约在枝头。真是就如大棚扰乱了蔬菜的四季，各种植物营养、防虫剂也扰乱了梧桐的生理期，曾经叶子绿了、黄了、密了、秃了，四季分明，如今不再那么分明了。

除此之外，城市急速的发展建设，地铁修建计划的需要，又毁掉了多少老梧桐行道树，曾经夏季里遮天蔽日陡生阴凉的梧桐道更是寻觅不见了。这十年来，单位远离了居所，我需要自己开车上下班。下班回家的路有多条，二环大道最是快捷，但我总是义无反顾的驶向一条小路。这条路一千米之内有着两所小学校，若是碰上放学时间肯定会遭堵，且仅有两个车道，多个红绿灯。只因为这条路上会经过一条数百米的老梧桐道，是古城为数不多还没有被拓宽，修建于上世纪50年代的路，而街道两边的梧桐树亦有近百岁的树龄，我便执着的在每个工作日下班时与它们相会一场。

我习惯了一个人驾着车从这条道上驶过，静静地安享这份孤寂。无论是忙碌焦燥被尘事遮蔽的灵魂，还是心里有些许愁绪，只要驶上这条梧桐道，心情就会立刻安静下来，转而就轻松快乐起来。春天，梧桐新叶生机盎然，郁郁葱葱绿得让人心旷神怡。夏天的梧桐树，枝叶四处茂密地张扬着，街两边那形同巨伞的梧桐树冠，跨过街道的上空勾肩搭背相互缠绕着，形成一个巨大的拱门延伸向前，浓荫蔽日。秋天，那就是一条壮观的景观大道，树叶已经彻底枯黄了，是铁锈一般的颜色。我从这里驶过，就像驶过凯旋门的将军一样荣耀加身。到了冬天的时候，梧桐树的枝头渐渐虚空只显出光秃秃的枝干，看起来沧桑古朴，一种仙风道骨的样子，落在地上的叶子如阳光一样斑斓，很有几分情调。

梧桐如故。岁月碾过时间，树木一年一个轮回，当缱绻在心

灵深处的记忆被一棵树的符号拉扯回来时，眷恋，已悄无声息地
开始……

　　情义与怀旧，是我宿命中的舍利，我用深情以待生命中所有
的遇见来供奉。

　　此刻，长安月挂东天，我怀念起了上海绍兴路上的梧桐树。

痴情之美

写下这个题目，我能联想到的表情符号只有不屑地嗤之以鼻或是捧腹大笑，毕竟"痴情"是年代太久远的一坛老酒了。

其实，无论世事如何变迁，新一代人的三观又怎样颠覆性地改变，但人性中的常情基因却不因社会发展变革了而与时俱进发生突变。所以，时不时还是会听到充满凄凉的诉说：我痴情的爱了他（她）许多年，或者是我为他（她）付出了半生情缘，可我最终什么也没得到……诉说者，满腔委屈；聆听者，愤愤不平，且扛一杆同情的大旗道传途播，让地球人都来谴责这副辜负痴情者的负心嘴脸。"痴情"，这个千百年来被视为崇高的美学字典中的一个词汇，被当今世俗的双手定义到了物欲交流的平台上。

我是这样看待"痴情"的，正确与否属一家之言，欢迎拍砖。

"痴情"，只是一道自酿自饮自醉的心灵美酒，与"付出"和"得到"全然不是一条道上跑的车，就像几何上完全独立的两个圆。试想，在运动中两个独立的圆会出现几种现象：一种是相切，另一种是相交，还有一种会重合，最后只剩下一种——你还是你，我还是我。

　　痴情的前提是爱恋，而爱情的本身只是人们心灵深处的一种感受而已，这种纯粹的精神世界与现实的物质世界是宇宙中的两颗行星，它既不能促进国民经济发展，也不能遏止 CPI 上涨，甚至不能让你脸上的灰尘自己跑掉。迄今为止，这个世界上就没有人能发明一个公式来计算爱恋、痴情所能带来的等同回报。而爱恋与痴情可以说是每一个人在这个世界上最神圣的私人属地，既然如此，何不抛开别人，只自斟自饮自陶醉呢？

　　凡有过感情经历的人，想必不会否定，当你痴情地爱着一个人时，你心中会充满灿烂的阳光和无尽的遐想，即使我们被爱折磨得憔悴、忧虑、疲惫不堪，然而，心灵深处因爱而滋生的狂喜及瞬间万物变得可爱的感觉，只有在爱着的时候才会有啊，那是多么美妙的一种心灵享受。

　　现在已是很少能见到真正意义上的痴情者了，即使有个别案例，也会被众多口舌人前背后地称为傻瓜，而当事者更是小心翼翼地藏起这一份痴情，唯恐滑天下之大稽，毕竟如余秀华般真实的勇敢者现在是稀缺资源。平心而论，痴情者才是最懂得心灵享受的人，当你痴情地爱一个人的时候，是自己的心灵需要爱情的雨露滋润，这无言的爱会让自己的内心丰富起来，让自己的世界广阔起来，让自己的灵魂在大爱无声中升华起来。

守候一份感情，心里装着一个人，你就能时时体会到温暖和感动，你的心里常常就会有一个人与你无时无尽的交流。每个早晨你睁开眼睛，每分每秒的时光流逝，无论是刮风还是下雨，无论在你欢乐或者悲伤的时候，你心中的爱人都会与你同在，这就是痴情之美！

痴情——自酿美酒自己醉！！

厮混的温暖

亲：

昨日收到你短信，知道你又一次搬了家，记不清这是你到上海半年时间第几次搬家了。你知道的，我总是记不清很多和数字有关的事情，所以诸如股票、基金、理财之类于我就是绝缘体。

我想，这次搬家该是居有定所了吧，真希望它是最后一次。尽管只有十五平方米，可有了左邻右舍你就不会太显孤单，附近有了很多好吃的店家我就不用担心你会挨饿，你总是用柔弱的肩膀承载着过多坚强，让我心疼不已。

曾经许诺过，读完你的书我会写一篇读后感给你看的，可始终没有兑现。这半年来我的字是越发写得少了，欠了自己很多的心情。有时候在梦里会写一大堆可爱的句子，可一旦醒来就随日出而云开雾散了。许多次我试图找回梦里的记忆，可想到脑子都失去知觉了也拼凑不全梦里的美轮美奂。我在猜测，也许做梦的那个人会是另一个我，一个身体之外的我。

总之，这半年来我活得不痛不痒，抑郁像疯长的头发经纬交错，让我不得不一次次地伸出手掐掐自己的脸，看看还有没有知觉。说是要淡漠人生的，可真到了宠辱不惊的时候，又担心弄丢了自己的灵魂，背弃了原本自然的一个真我。

前日中午，在高新区借着等人的空隙我独自去了"瓦库1号"，这是我第一次没有目的独往。要了一小壶陈年普洱慢饮，寻了《瓦库》这本书从后往前翻页伴读。两扇落地窗透进幽幽的光和着瓦檐滴落的流水声交融出一曲温柔的小提琴协奏曲，那一刻，我的灵魂悄然静谧，安静得像一个熟睡的婴儿，就忆起了去年春日我们相约的那个下午茶。

还是在高新区"瓦库1号"，阳光也如今天一样明媚丽人。我们三个姐妹围着一壶正山小种窃窃私语着，哦，还有一碟清炒葵花籽、一盘水果拼盘。同在一座城里，我们各自忙碌，一年也见不了两次，真是难得这么一个春心荡漾的日子，我们有一下午时间可以用来"耳鬓厮磨"。你总结说，不见时，我们彼此的手机里为对方设置一个文件夹，保存着天涯海角你来我往的短信；相见前，会彼此猜度，害怕着对方的疏离；见着了，就又忘记了害怕,"彼此映照在一起,拈花微笑,说私奔说旗袍说昆曲说男人,说痒痒肉和隔夜疤"。你起了个暧昧的名字,称我们的约会为"厮混"。

我总是羡慕那些可以随心所欲创造浪漫的故事,我就没有这样的本事,内心神出鬼没,行为循规蹈矩,再怎么努力,我也无法让她们合而为一。于是,我就成了一个矛盾体,一个灵魂时常游荡在身体之外的个体。

此刻,我触景生情地想起了我们曾经的"厮混",这样的日子打从你离开西安,就再也没有复习过。突然就泪湿了眼睛,这个一直以来被认为不很健康的词此刻却让我倍生温暖,大脑内存里生生息息几十年的解词、定义顷刻间被颠覆,被刷新,被升华……

一瞬间就觉得这两个俗透了的字眼雅得让人肃然起敬,曼妙出无尽的美丽和亲切。每一个人的内心情感会划分出多个层次,而"厮混"蕴含之丰富没有相对高度的精神世界是无法体味出的,正如妹妹在一篇文章中所说:"我觉得这两个字穷尽了一个生命对另一个生命所能拥有的最美好洞彻的感情。"你用了"穷尽"两个字,让人感动得近乎窒息的言辞,这种感与情的神秘与境界,只有在彼此心灵圣洁的融进一方净土才能抵达。一个"厮混",透视出风情万种,呈现着缤纷和斑斓,挥洒着信任和坦诚,陶冶着精神和灵魂，创造着智慧和锦绣……而能够"厮混"在一起的人定是坦坦君子，绝非戚戚小人；也只有意境相称，段位同高的人才配得上"厮混"。

河汉纵且横，北斗横复直。星汉空如此，宁知心有忆。人生得一能与之"厮混"的闺蜜，真的会是一件很幸福的事情。我怀念那年那月我们在一起"厮混"的每一个片段，我感动我们曾经有过的朴素、简单而热情洋溢的每一次相见，那是一种厮混的温暖。

温情的细节

一

乘坐一列由北京始发回西安 Z 字打头的火车，这是一个人的寂寞旅途。

空调车厢凉爽的空气让脚步匆匆的燥热沉静了下来，便坐在下铺的位置上浏览着铺位左右旅途过客的各异行色。"记着，中途不要下车啊。"一句浑厚的男声让我把视线停留在临铺的一对普通男女身上。两个人的年龄大约三十多岁，显然男人只是送女人上火车，替女人搁好了行李准备下车时在作嘱咐，女人应道："知道了。"男人似乎没有听到女人的回答，自顾自地重复着："中途不要下车啊。"女人点点头又回答："好。"男人一边往车厢外走一边回过头继续叮咛："记着，中途千万不要下车啊！"这是一分钟之内我听到的第三遍来自同一个男人富有磁性的中音了。我的眼睛突然湿润了，我确定这是一对离别的青年夫妻。丈夫唯恐一不留心弄丢了自己的妻子，即使只是让妻子单独乘坐一个夜晚就能抵达目的地的列车。

二

去超市购物，出来后正好走在一对中年夫妻的身后，亲眼目睹了这样一个情形。

丈夫肩上挎着禁塑之后超市特制的购物袋。"爱家超市"标志醒目地在肘下晃荡着，里面鼓鼓囊囊装满了采购的东西，手里还拿着一盒鸡蛋。他的妻子两手空空走在他身边。因为是同一个方向的缘故，我一直紧随其后，这一路上我不断听到一段对话。妻子说："把鸡蛋给我吧，我来拿着。"丈夫回答："不用，我能拿。"三番五次，结果依然是丈夫既肩背又手拿，依然是妻子空手走在他身旁。这一段并不很长的"跟踪"，让我突然悟到了什么才是一生的真爱。看年纪，也许他们之间从未言说过一个"爱"字，然而，生活的点滴之中却随时随地流淌着浓浓的"爱"意。

三

开车行驶在陕北的国道上，正是盛夏的中午，赤日炎炎，开着空调的车厢里依然弥漫着被晒透了的燥热的气息。我突然就欣赏到了一幅格外亲切的画面：大路旁，一棵古老的大树，茂密的枝叶遮盖了半截路面，树荫下坐着一个身穿红底黄花衣裳的村姑，扎着一对朝天的羊角辫，身旁摆着两个小小的柳条筐，一个筐里是黄里透红已经熟透了的甜杏，另一个筐里是泛青的绿苹果，姑娘手里穿针引线正纳着一只五彩的鞋垫……

只是一闪而过，心便怦然一动，那曾经的袅袅炊烟，那村道上鸡妈妈领着她的孩子们横穿小道的情景就幻化在眼前，一种久违了的宁静、恬淡和安然顿时驱散了路途奔波的劳顿和燥热，清凉袭来。

四

和朋友聚会后，友人开车送我回家。到了我家院子门口，我下了车就站在车旁冲友人挥手再见。车未离开，友人隔着车窗挥手示意让我先进去。一次，两次，三次……就懂得了友人的用心，他是要看着我进了院子大门才肯离去，心系着我仅两三米的安全。只是这么一个细微的示意，就触动了我斑驳而羸弱的心弦，突然就感动得不行，就有了"天青色等烟雨而我在等你"的心动。

由心动而付诸行动的就是每次友人再送我回家，下了车我就紧跑几步，进了院子大门，转身，隔着铁栅栏门，挥挥手，心道再见！

那一片浅浅的海湾

　　我总是娇宠着自己，天冷的时候就渴望飞向一个温暖的地方过上几天。

　　正是上弦月的日子，跟着感觉就去了北回归线以南的小城，一个依山面海、盛开着紫荆花的海滨城市。

　　一个临海的四星级酒店八层 212 房间暂且成了我蜗居的地方，推开落地窗，目光走出去一百五十米，就是那一片浅浅的海湾。

　　我是喜欢海的，海的记忆是我生命中最美好的部分。在远离大海的北方城市居住的我，也时常会在梦里把自己幻化成一朵浪花，枕在蔚蓝色的海面上，在太阳璀璨的光芒下，闲庭信步地荡来荡去。

抵达这个城市的时间是晚上。依习惯我在飞机上还是要了两杯浓香的咖啡，安静地打开《妖祥门》，妹妹李蕾的文字真真切切，就如走出这个门的白狐，妩媚、精灵而孤独。她的字不是为表达而写的，是为了让你心灵瑟瑟发抖而长出来的，读她的书需要一个美丽且寂静的气场。

两小时二十五分钟，我从云层上端越过了四季，从冬天的起点来到了春的未央。开了冷气，我把身体交给喜欢极了的温柔的雪白，开始制造一个沉沉的睡眠……

好睡眠于我从来就不是一件容易的事，何况咖啡因还在激情高涨的时间段里舞蹈，这南飞的第一个夜晚我无奈也只能从容地享受着无眠的"待遇"。

第二个白天，我带着一双"烟灰眼"进入工作角色。女朋友小惠纠正过我多次："一定要说'烟熏眼'，而不是'烟灰眼'，那是阳春白雪和下里巴人般的区别。"可我总是不能拨乱反正，我怕这一双闭上了就不想睁开的睡眼亵渎了那么美好的一个词，这美好与我隔着天涯，隔着时空。

站在会议厅的观景台上瞭望，我与海的距离还是一百五十米，我已经呼吸到了它淡淡的海腥气，看到了海滩上戏海人群的花红柳绿，可整整一个白天我都没能偷出与它亲近的空隙，心中飘着无声地挣扎。

夜幕降临，一年一度天南地北齐聚在一起的同行们在晚宴上热情高涨，而我举起的红酒杯却摇曳着海的呼唤。我悄悄地独自"逃离"这喧嚣，一出宴会厅就放肆地奔跑起来，冲向一百五十米外的那根蓝色的终点线，丝毫不去顾及穿着高跟鞋会不会崴脚。久违了，我朝思暮想的大海。

漆黑的海滩上寂静得只有风儿在作响，我脱了鞋赤脚踩在柔软的沙滩上，冬夜的沙滩还是渗出些许凉意，我一步一步轻轻地靠近海水，深恐惊扰了它退潮的脚步。

我终于又一次面朝大海，还是孤单的自己，还是双手抱膝坐在水碧沙白的海滩上，缭绕的思绪飞上云间，我拿出手机编了一条短信："借着清莹的月光，我独自坐在沙滩上，看海浪拍岸，听涛声澎湃，心中辽阔复平静。"发给了几个最亲密的朋友。

这个海湾的海岸线有一千多米长，我突然有了一种冲动，我要在这个夜晚沿海岸线走三个来回，看海浪拍岸，听涛声澎湃。想着，我就站起身，手里提着鞋，赤足开始了对海的检阅。

海风轻轻吹过海面，吹乱了我长长的头发，吹响了我心中脆弱的风铃，我突然强烈地渴望心中最亲近的那个人能在此刻来与我牵手一起走过这漫长的海岸线，看海浪拍岸，听涛声澎湃。我轻轻地呼唤他的名字，就像一棵树呼唤另一棵树，一朵浪花呼唤另一朵浪花，一只手呼唤另一只手。

风把我的呼唤声带走了，漂洋过海……

我的声音越来越弱小。我没有成为海的将军，思念阻碍了我检阅海的步伐，我又回到了我暂时憩居的地方，一个临海的四星级酒店八层 212 房间。

没有开灯，我伫立在落地窗前，远处的海面上月光如水。

窗外有风，风轻云淡，我的思念无声。

梦里花落知多少

　　早春二月，西部依旧是冰封雪冻的季节。我应朋友之邀，为其所承担的项目做一点技术顾问，乘夜航飞往新疆的乌鲁木齐市。

　　乌鲁木齐不是最终的目的地，具体是新疆的何方圣土，没听清楚也不想多问。老公询过三遍得到同一个回答："不知道啦"。当然最后还是加了一句："尽管放心，就你老婆这年龄没人拐骗。"

　　揣了一本《三毛散文集》登机，我旁若无人地进入阅读状态。

　　我总是和喜欢的几个女作家的作品一同飞行，张爱玲、三毛、李蕾……印刷的字需要略大一些，在飞机上如橘灯般昏黄的光线下也能无障碍地阅读。而这种时候我又多半愿意选择与散文为伍，才女们那一段段心灵絮语正是在天上云间才能够穿越时空与内心深处最敏感的那根神经交融。

于是，在飞机的轰鸣声中，我寂静地与人世的美丽对话，以寻求天人合一的心灵契合。

抵达乌鲁木齐已是午夜，有人接机，直奔火车站，我们还需要搭乘一趟旅游列车连夜赶往目的地。感谢司机的驾车技术，在结冰的路面上和拥堵的车流里穿行，我们竟然太平地赶上了火车。

安然落座后，我才顾上看一眼车票上的到达地名，"鄯善"，多么陌生的一个小镇啊。

我许久没有过夜乘硬座火车的经历了，记忆里还是二十五年前的情景。说来话长，那还是我风华正茂的年月，跟着一帮大学同学趁着实习的间隙去北京附近的几个风景地游历。那时的学生，基本都属于囊中羞涩一族，为了节省住店钱，我们就采取夜间乘车、白天看景、夜间再乘车的战略方针。几日连轴转下来，铁打的汉子都举手投降了，从此，我就厌恶硬座车厢，尤其是夜间的硬座。几十年来，我刻意地躲避着这种经历。

今又重温这种经历，倒有一种新鲜感从心底默然而生。本来就与睡眠纠结不清，这种状态就更是欲睡全不能了，我索性就醒着，有一搭无一搭地听邻座女孩聊青春的繁华和枯燥的课堂，更多的是把眼睛投向黑幕，任思绪信马由缰地驰骋在过去时、现在时和将来时……

凌晨四时，到达鄯善。接车的司机在寒风中等候我们，感动与不安并存，我也只能用"谢谢"表达心意。

寄宿在职工公寓的一个单间里，房间里的空气暖如初夏，有一个阳台被厚厚的窗帘遮住，我急忙奔过去拉开帘子看窗外的夜景。只有星星点点的灯光守候着寂静的夜，突然就觉得如天边一样遥远，只是过了几个时辰，今夜的那盏灯火，不再是昨夜那一盏了。

自然不能再想入非非了，我得赶紧去拥抱那可怜的几个小时的睡眠。

还好，清晨起来没有觉得头疼，这样我就能清楚地应付工作。

又是工作，一点也不喜欢的游戏，可我还是执着了半辈子。

起了床，站在院子里被冷风吹着，我开始打量起这个陌生且新奇的小天地来。真是不敢想象，茫茫无际的戈壁滩上竟能让人造出这样一片绿州。尽管寒风萧瑟，所有的草木都还未返青，但风对树枝的呼唤却更能显出小镇的幽静和俊美，久违了，多么清静的感觉。

真该给自己放个长假，让身体和心灵在寂静中放飞自由。

工作的几天里，我一直在心里祷告，奢望能有一个独处的白天去寻千年的楼兰。

求得渴切了也会真的应验。我要离开的那天上午，同行者让我在房间里等他电话，于是，我就躺在阳台上的摇椅上看书、等召唤。西部的太阳升腾得会迟一些，上午十点，也就刚刚爬上对面的楼顶，柔和的光芒斜斜地射进阳台，照在地上，照亮了屋子，也暖融融地抚摸着身子。窗外一大群麻雀飞过，勾起了少时的记忆，合了书，我便望着窗外碧蓝碧蓝的天空发怔……

望着望着，树木、河流、小草，还有成片的桃花就在眼前流动起来，桃花林里一群孩子追逐着绕来绕去。还有我，我穿着那件绿底白点的衣裳，站在桃树下，颈上围着那条桃花粉的丝巾，仰着头，呆看着满树盛开的桃花。

一会儿桃林里就剩下我一个人，一会儿又能看见几个五彩缤纷的孩子又笑又闹，可我听不见他们的嬉戏声，我为什么来？我怎么没有同伴？光影在眼前上下左右地旋转着，穿着绿衣裳的我像电影里的慢镜头似的站在原地也跟着三百六十度的旋转，我好像漫无目的，只为桃花而来，又好似揣了很多心思地在等待，在寻找。

突然有笑声传来，那笑声似乎是穿透了云层从天上而来，我听得惊心动魄，便赶紧穿梭在桃树间，去寻那笑声。可我什么也看不见，而那笑声依旧朗朗地在树林里飘荡，我只好停了脚步在一树桃花下傻傻地站着，这笑声却抖落了那一树粉白，那粉红色的花瓣便如天雨一样纷纷扬扬的飘落下来，像花盖头一样遮住了我被映红的脸，落得浑身上下亦厚厚地披上了花衣裳。我仰了头再看，那含苞的粉桃又跳跃地盛开起来。如此，便明明白白印证了这一行的心思，原来我是要寻一场桃花雨的！

音乐声骤起，我一个激灵抓起手机，回头又见花开几朵，惚兮恍兮，醒着，还是睡着了？

无雪的冬天

早晨起来打开门，一股寒风顺势就涌了进来。

这是平安夜的日子，也是一个让人欢喜让人忧的日子。

天阴霾萧瑟，但还是好过了前两日，温度已经开始回升。

前天，是两年来西安温度最低的一天。外出办事时路过一个花店，我就折了进去，花十六块钱买了一束大红色康乃馨，权当送给自己的圣诞礼物。

我的"小家"位于一楼，尽管三间屋子的朝向都是冲南，但楼前面即是城中村因卖地而"暴富"的村民盖的三层小楼挡住了太阳光，因而家中采光格外不好。为了借助物理界面反光的效果，室内的家具、装饰就以冷色调居多。一束盛开的红色康乃馨给这个小屋带来了暖色的视觉馈赠，也让寒冷了半冬的心舒缓柔和了许多。我打开电脑，让沉默的心思在键盘的敲击下随着窗外的铃儿一起响叮咚。

2009 年的冬天来得格外早。我才脱下夏日裙裾换上一袭秋装没几个时辰，只一夜北风，温度骤降了 10℃，就赶紧用棉衣裹住了自己。

也是这个冬天，母亲病得很重，心衰四度，和死神在拉锯战场上肩并肩争分夺秒持久地抗衡了一月有余。

我唯恐一不留神失去了母亲，我还只是一个孩子，一个被母亲宠坏了的孩子，我不能没有母亲，那是天的庇护。眼睛里全然不见深秋的金黄和落叶的飘零，每一天在单位和医院之间的路上脚步匆匆，我任性地拉住母亲的手，不让她远走。

只要能把母亲留在人间，我有一万个理由来放弃我的所有。

节气真是一个鬼怪精灵。冬至这天一早，母亲就有了清爽的感觉，明显感觉到了神清气朗的精神头。这两日，她也能多吃一点饭了。母亲对我说："我梦见我穿越了一个高高的坎儿。"

真是一次惊心动魄的穿越！

母亲老了，衰弱得步履蹒跚，只一个坎儿，就让她老人家千辛万苦地走了几十个日子，耗了半冬的时光。想到这儿，我的泪水止不住流了出来，原来我的母亲是如此坚毅，她用一颗衰竭无力的心脏，支撑着老迈虚弱的身躯，以一己之力拼了老命地与天神展开了一场拔河比赛。这个无雪的冬天里，我是眼看着系在拔河粗麻绳中间那一条决定输赢的红绸一会儿移向左边，一会儿又飘向右方，每一天都在拼死对峙……现在回想起来，母亲在半昏迷中有时候脸涨得通红，额头上直冒汗珠，那分明是她用尽了浑身解数奋力往后拔。这不仅仅是力量的搏击，更应该是意志的较量。也许在这个较量的过程中，母亲摔倒过无数次，可每一次她又顽强地爬了起来继续相持，不言放弃！还也许，母亲只是用拔河的粗麻绳死死地缠住自己，不言不语，誓死都不妥协，用一个女人坚韧的耐力击溃了对方，至少在这个冬季，母亲赢了这场比赛。我对母亲的胜出，满怀感激，有妈在的日子才是心仪的好日子！

按惯例，今天是和朋友约定每周一起打羽毛球的日子，下午我寻了个理由"逃开"了。远离了平安夜的喧嚣，孤独抽象着我的视线，视线所及之处落满了期待的脚印，我在期待一场雪，期待一个冬天纯粹的风景。

婆恩浩荡

　　这是许多年前感动于婆婆为我所做一碗手擀面写就的一篇文章，时间已悄然滑过十多个春夏秋冬，婆婆作古也已五年有余了。如今我将这篇写在自己空间的小文重新修改编辑了收录进这个集子，只为纪念我与婆婆的半生缘，一世情！

　　那一年，婆婆七十八岁了，时光已将其高挑俊美的身姿冲刷得蹒跚与龙钟，昔日的手脚麻利与在家里的叱咤风云亦随岁月而逝，取而代之的是每日复制着孝顺儿女为其精心安排的幸福晚年，只是急躁的脾气依旧不老。

　　老公回家后说婆婆近日又大脑程序混乱，逮谁训谁，凡李姓家人无一幸免。窃喜着我那被一家人宠成儿童般混沌样的婆婆的任性，我趁着周末休息就跑回家去看望她老人家。进婆婆家门的时间已经是上午十一点多了，我一边换鞋一边对着婆婆高声喊叫："妈，我赶着回来吃中午饭了。"婆婆笑着从客厅迎出来说："就是在等着你回来吃饭呢。"我又问婆婆最近身体可还好，婆婆说肩周炎犯了，两只胳膊疼得穿不上衣服。我急忙接话道："这老天可真是不长眼，妈都得过一次肩周炎了，怎么就让我们家老太太受二茬罪呢？！"这时候家里的小保姆过来对我说："奶奶胳膊疼得厉害，可今天还擀面了。"婆婆就解释说她实在不想吃外头买的面条了。

婆婆的手擀面是她一生的强项，面和得硬，擀得匀，切得细，捞到碗里光滑柔顺，吃到嘴里筋道无比。说真心话，我这童子功的擀面技术，在婆婆眼里那是连及格分也给不了的。只是这几年儿女们呵护老妈，找了小保姆打理家务，再就不让婆婆擀面了。今天婆婆擀的面，依然是宝刀不老，风采不减当年。

当一家人坐上饭桌吃饭时，哥端着面碗对我说："早上接完你的电话，咱妈一听你要回来，立即从床上跳下来就去和面、擀面，我们今天可是跟着你的待遇享受美食了。"我瞪大了眼睛问："真的吗？"小保姆即刻在旁佐证道："就是的。奶奶本来在床上睡着呢，你打电话说要回来，奶奶立即就起来了。"

原来，这才是婆婆今天擀面的真相！

我赶紧低下头，和着泪水、就着慈爱、伴着感动吃完了一碗幸福无比的手擀面。

　　给婆婆做媳妇二十多年了，相处如前世的母女。所以就骄横着她对我的宠爱，放纵着她对我的迁就，任性地"倚懒卖懒"却从不担心会招来婆婆的埋怨。被老公欺负了就找婆婆申诉评理，婆婆有了烦恼，就做一个甜甜的开心果哄她老人家高兴，其情浓浓，其乐融融。

　　我无意渲染和婆婆的相处之道，哪一个屋檐下的日子都缺失不了锅碗瓢盆的交响乐章，但是有一句俗语叫"两好搁一好"，这是我和婆婆经过几十年相处亲身实践验证了的真理。善解人意——在婆媳关系中就是凡事换位思考；真诚以待——在婆媳相处的日常里就是简单直白揣一颗真心去彼此相待。如果说我与婆婆之间也有常人所言的斗智斗勇，那就是在日常的生活细节上不用语言表达心里却暗中较劲地想替对方多做一些承担。倘若碰上婆婆与她儿子之间发生争执，不论是非对错永远与婆婆保持统一战线，在成年儿子面前，婆婆就是弱势群体，必须挺身相助让婆婆不觉孤立，何况母子之间的矛盾是血缘内部矛盾，那才是没有隔夜的仇呢，母子连心是最人性的法官。

　　我没有做过婆媳关系的社会调查，更没有对婆媳相处之道进行过立项课题研究，只是就我自己为人之媳一场的亲身体会，其经验就是：不把婆婆当亲妈，在亲妈面前无所顾忌的使性子、耍脾气，在婆婆面前全部屏蔽；媳妇也不做亲女儿来待，可以毫无来由地抱怨训斥女儿，但媳妇面前却是永远地礼尚往来。我以为，这才是婆媳关系相处的王道。

　　感谢命运，感谢我有一个与我心意相通处处宠我的婆婆。一碗手擀面的恩情就足以让我念怀一生。假如人有来生，我会央求婆婆下辈子还做我的婆婆。

端午香囊

今天是端午节，下了两天三夜的五月雨在今早上收兵回营了。没有耐心去查询以往，但记忆里的端午节从来都是阳光明媚，晴空万里。

端午节的习俗是要吃粽子炸糖糕的。自打出嫁，每逢端午、中秋这样的传统节日，我就会早早地给我娘去送节礼，可今年耽搁了，因了连日的雨天，因了必须要在昨天赶着完成的几项工作。早上起来心里就涩涩的，上班的时间也觉得格外绵长，十一点钟我抽空给娘拨去了电话："妈，中午吃啥饭？""我跟你爸已经吃过了。"听口气，娘的情绪很不高涨，我又问："今儿过节呢，跟我爸吃啥了？"娘说："过啥节呢，跟平时一样。"听完了这句话，我似乎看到了电话那头的娘已是满眼的委屈，满脸的无奈，满心的期待……电话这头的我心顿时揪了起来。放下电话，抓起包，我以刘翔百米跨栏的速度和姿势冲出了实验室，刻不容缓地直奔市场。此时此刻，即使天大的事也位居第二，唯此唯大的是在最短的时间里为我娘送上端午节的粽子。

我知道娘不是争嘴吃，娘心里介意的是，这个日子是传统的女儿回门看娘的日子，不见女儿，娘心里有一种惆怅，有一种失落，有一种弄丢了女儿的惶恐。

挑了粽子，买了糖糕，又称了回坊上手工做的绿豆糕，我还精心为娘选了一个粉红底色银丝线绣花的大香囊，中午时分推开了娘的家门。娘看见我，那个高兴呀，脸上立时盛开了一朵花，满心的欢喜，满眼的灿烂，摸着粉色的香荷包连连说着"好，好，好！"

看着面前欢欣鼓舞的娘，我不由得心里酸酸的，暖暖的，就想起了我小时候每逢端午节娘做的香荷包了。还有我女儿小时候每一个端午节前，我娘也早早地给外孙女亲手缝制几个形状各态、色彩不一香荷包的情景来……

我娘心灵手巧，别说是我小时候居住的机关家属院里的几十户人家，就是我们那整条街上几十个院落，我娘如果说自己的女红排第二，还真没人敢站出来称第一。我娘专门上夜校学过裁缝的技艺，不仅能设计裁剪各式服装，而且做工精致。无论是单衣、棉衣，还是单鞋、棉鞋，我娘纯手工制作出来的成品，总是合身又时尚。总也忘不了，少小年纪的我老盼着过年，我并不稀罕只有过年才能吃上的白馒头，也不惦记只有过年才会发给我们的压岁钱。我盼的、渴望着的就是那一年一次的新衣裳。

年少时，我家里生活不富裕，兄弟姐妹多，父母工资又少，一年四季日子总是过得紧巴巴的，能维持温饱就已经很不错了，平时哪敢奢望有新衣服穿？父亲有这样一句口头禅："老大穿新，老二穿旧，破破烂烂是老三，稀里哗啦是老四。"我们家兄弟姐妹几个的衣服就是这样周而复始着往后传。

我娘不仅能干，还特别好强，她总说："平时日子再难再苦，但过年一定要让孩子们穿上新衣裳，我不能让自己的孩子们不如别人家的孩子。"于是，每年一进腊月，娘就开始为我们几个孩子张罗新衣、新鞋。伴随着母亲整个腊月里每晚"哒哒……"的缝纫机声，我就开始想象着自己穿上新衣裳的美丽模样。

到了大年三十晚上，母亲就把新衣裳分到我们手里。我总是把衣裳叠得整整齐齐放在枕头边上，抚摸着新衣裳，常常会兴奋得半晚上睡不着觉。初一早上，我睁开眼睛套上新衣裳就往院子里跑，第一时间去向小姐妹们炫耀自己的新衣裳……

现在回望，那个年代过年的仪式感很是隆重，而我们家孩子们的新衣裳就是一道亮丽的风景线。不管是男孩子要穿的学生装、红卫服，还是女孩子穿的花衣裳，母亲做出来的总会比商店里卖的还要合身漂亮一些。如果给我做的是花衣裳，她会镶一些纯色的月牙边做点缀；若是纯色衣服，娘就会绣"一行大雁上青天"。总之，过年时，我们兄弟姐妹无论是走亲戚还是访朋友，都会赢得同伴们艳羡的眼光和一片赞扬声。

如果我说，我和妹妹至今钉不好一颗纽扣，你千万不要质疑，那都是我娘从小到大全权包办代替造成的结果。

就在这个端午节，我看着娘捧着香囊荷包的喜悦神态，突然发现，娘是真的老了。从此，疼娘要像疼孩子一样了。

戊子夏与女儿书

姑娘：

自打从北京回来，我心里想同你千言万语唠叨一次的念头就时时刻刻活跃在脆弱的中枢神经里。说，还是不说？怎么说？郁闷了多日。我最后决定以书信的方式和你交流，希望这种方式还算一次不错的选择。至于要不要回复我，你也可自由选择。

进入大学接近两年的时间，今年6月是妈妈第一次去学校看你。实话实说：看了比不看让我心虑。原来，翻山过水的有线或无线电波让妈妈更多地虚拟了对女儿的期望，面对妈妈的女儿才是最真实的。

妈妈孤陋寡闻，不了解西方人用什么标准来给自己的孩子下定义，在我国国情下众多父母通常采用一个不变的法则："乖"

和"听话"就是好孩子。无需用理论和辩论来抨击这千年不变的腐朽原则，单就以人为本的全球性革命，已使这种定论无立足之本了。而妈妈这段时间却常常想起你儿时"乖"的模样，也许，妈妈真的开始走向衰老了……

和你一起沿着清华园硕大的体育操场上规则的塑胶跑道散步，我的眼前情不自禁地出现了一种幻觉：跑道上远远地跑过来一位青春少女，身着白色配着蓝条的运动装，长发高高地束在脑后，马尾辫随着跑动左右摇晃，跑到我面前的小女生轻快地说道："早啊，妈妈。"

你一定又该重复申明一次了："我不喜欢跑步。"其实，你心里明镜似的，妈妈只是希望你能把体育锻炼提到每天的日程计划上来，无论选择何种运动方式，我都会击掌为你加油。你的长征才刚刚开始，任重而道远，身体当是一切愿望的本钱。我这个先天体质已经输在娘胎里的姑娘，从婴儿期瘦弱到青春期了，妈妈寄希望于你通过后天体能锻炼的恶补，增强体质，储备能量，迎接未来。

还有，我始终承认，面对压力倍增的时代，80后的你们更多了独立思考的优势，而不像我们这一代人在青春年华时盲目乐观，缺少判断和独立思想。然而，你们却又似乎矫枉过正地把这种思考淋漓尽致地布局在自我的每一个细节里，其目的只为用来彰显出与 50 后、60 后巨大的代沟。其实，不妨试着站在鸿沟的此岸望彼岸，你会发现，原来彼岸的思想和精神并不全是枯萎的标本，一如我们也在学习用欣赏的眼睛发现你们闪光的特质。

女儿，你有选择自身生活方式的权利；作为母亲，我也从不会放下希望的大旗。

我希望看到一个八九点钟太阳般的女儿，颜如朝露，心似彩霞。

我希望晴朗的气象永远印染在女儿未来的天空上，果敢坚定，前程似锦。

最后，我还想阐述一下我对"爱情"的认识。

尽管在现代社会中，许多的爱情已经物质化，追求纯洁高尚的爱情未免太过奢侈，而我固执地相信，有一朵玫瑰会永远芬芳，那就是心之玫瑰。所以妈妈希望你能快乐地爱，并在爱中挖掘生活的美丽与璀璨，从而更积极向上地去追寻生活的富饶和美好。只是要记住，在爱的过程中，你可以用心投入一切，但绝不能失去尊严。失去尊严的爱，如同失去骨骼的皮肉，最终的结局只能是腐朽。

点点，你曾经送给妈妈郑渊洁的一句话："用你的长处和别人的短处去打，打得赢就打，打不赢就跑。"妈妈已经琢磨出这是现实生活中必备的一项技能，写出来，我们一起慢慢寻味。

　　信的结尾，我要说，女儿，你永远是妈妈的骄傲。妈妈只是有些贪心，还想骄傲得更多一点。

　　　　　　　　　　　　　　　　　永远爱你的妈妈

用话剧追思先生

惊闻陈忠实先生噩耗的时候，我刚刚落地千里之外。似信非信，然而，朋友圈先生仙逝的消息已刷爆了手机屏，从那一刻起，似乎整个中国都陷入到了悲痛之中，那一张苍桑的模样就时时呈现在我的脑海中。

也是从那一个时刻起，几个文化圈子的群里，每天每天悼念、缅怀先生的文章蜂拥而至，在我的记忆里，没有哪个当代的文人曾有过这么隆重的影响。我知道，除了《白鹿原》，更是先生的人格魅力得到了上至国家主席、下至寻常读者的尊重、爱戴和怀念。大家都在用自己的方式纪念着在这个时代堪称伟大的文人作家。

我与先生并不熟识，也就仅仅几面之缘。最先见到先生是在朋友邀约的饭局上，席间，我执杯给先生敬酒，对先生言道："我是忠实的粉丝。"先生听了笑赞我话说得巧，一语双关。之后，还是朋友组局又同吃过一次饭。

先生是陕西地界上的大名人，自然相识、相交、相见的人多之又多，我与先生只是两杯酒的交际，想必宴席散去即人走茶凉，不会留下点滴印象。就在 2012 年初我去陕西省政协会报到的那个下午，在丈八宾馆的路上我与先生相向而逢（先生是省政协委员来参会，我是会议期间被借来在简报组的工作人员）。当时我们相距还有十几米，我想走近些了问候先生，可还差三五步时先生倒先开口跟我打了招呼，只教我心里觉得失了礼数，愧疚了很久。在会议期间的一天晚上，我们相熟的几个姐妹约了去先生住的客房签书、谈笑和吹埙。我毫无准备，后悔没有把家里的《白鹿原》带上，请先生留下签名和手迹。看着先生给别人签书，我心里痒痒的，但只能遗憾。然而，先生签完别人的书后，从桌子上搜寻到一个请柬的信封，对我说，就在这信封上给你签个名字吧。先生厚道，他不想对同去探望他的人厚此薄彼了。

先生去了，我才想起与先生会面的几次合影还散落在七零八落处。时间都去哪了，该珍惜的东西总以为还有大把的时间在等待珍惜，却原来，世事无常，时间无常，人的生命无常……

几天来，我总想将哀思寄托于一些淡淡的文字，几次提笔填词，都感觉无法深刻表达我内心对先生的崇敬之情。今晚，我在西安人民剧院重观话剧《白鹿原》，以话剧的形式，为陈忠实老先生鞠躬！随后又以此文记之作为追思。

只爱四分

朋友倩儿又恋爱了，谈及新的恋情，真一个"人面桃花相映红"，连发稍都雀跃着喜悦和幸福。怨不得她的额头上平添了几道细纹，想必这一年来她实在是笑得太多太多的缘故。

用句时髦的话说，倩儿是极品女人，有貌、有才又有财。倩儿有过一次婚姻，她在女儿六七岁时携女儿逃出了围城，这之后，几番恋爱，几经周折，恋情终究是无果而终。

倩儿总是一往情深，实了心地待人，然而每次都重演着"花自飘零水自流"的独角戏。朋友们都很诧异，这么一个事业有成、漂亮娇媚的当今"薛宝钗"，怎么就无人能与她共沐暑寒？

还记得去年春节我们见面，倩儿诉说着新一轮的恋爱失败史：男人是一个规模很大的地产公司老板，有一堆忙不完的赚钱事、应酬事，还有一个正读高三的儿子。为了支持男人的事业，为了让男人面临高考的儿子有一段稳定的生活，倩儿丢下了自己读初中的女儿，每天下班直奔男人家，给男人的儿子做饭、洗衣、收拾家务，直到洗好碗，刷完锅，端上洗脚水才肯离去。就这样持之以恒一年多时间，男人的儿子如愿以偿，考进了名牌学校，我们的倩儿也在男人儿子入学的那个月和这个男人天各一方了。

倩儿现在的男朋友也属极品男人，是国内某个行业很有影响的领军人物。倩儿说，男人说了，明年他的儿子考完大学就结婚；倩儿还说，她下半辈子就为这个男人而活了，为他的事业而操劳，为他的生活而操持，倩儿说得一脸无怨无悔。

我衷心地祝愿倩儿幸福，可我又实在担心倩儿孤注一掷的爱会让倩儿失去自我。记得作家张贤亮说过一段话，大致的意思就是：一个女人对一个男人的爱只需要投入四分，剩下的三分给事业，三分留给自己。在和男人共同生活的漫长日子中，因为男人的付出，再把留给自己的三分爱一捧一捧地献给这个值得你爱的男人也不迟。

人，是一个感情动物，理性毕竟不能代替情感，爱也上不了天平去等分，但爱也会使人窒息，会伤害自己，这也是一个自然规律。

倩儿啊，先爱他四分，可否？！

今夜，与谁共眠

　　只要进入新纪年的倒计时，我的心情就丝毫不差地复制起年年复发年年无药可医的"年底综合症"，2007 的岁末也不能免俗。

　　"郁闷"贴满了脑海、心海及周身每一个部位的肌肤。

　　无药可医也就惰性地随遇而安，让盘点、惶恐、忧虑、不知所措尽兴地在血管里蔓延，任迷茫的眼神在雾霾的天空中游离，脚步呈现出年所未有的"深沉"。

　　"年底综合症"的主要特征就是会有几个失眠的日子。无论是用数数字、背儿歌，还是默念不知所以然的英语单词，看无聊、无趣又无味的豆腐块广告词，其结果执拗地只有一个：魂灵始终清醒着她的清醒。

　　于是，只能无可奈何地享受无眠……

　　"洋买办"也执拗地履行着他们的惯例，圣诞前夕隆重地上演一场答谢盛会。今年我又一次荣幸成为被邀请嘉宾之一，实在不好意思再找和前两年一样的托词，只好托起一张阳光灿烂的笑脸，盛装出席。

　　三巡酒过后，我已是心赤耳酣，微醉欲眠，只以为今夜可以趁着酒意进入一个深沉甜美梦的故乡。然而，主办方对狂欢夜的节目安排还有续章。"既来之，则安之。"我被这样的劝导语身不由己地随众人一起缓步来到"爱琴海"——骊山脚下旷世再现的盛唐御，也是古城首个盗版的"北海道露天温泉浴场"。

　　一字排开的各色汤池静谧地在木栏草顶的长廊下等待，还有不规则造型名目各异的汤池隐蔽在露天的树影中。高挂的御灯泛着橘黄色的温柔，影影绰绰，一轮即将满月的银盘清冷多情地斜插在树梢，音乐低回，微风袅袅，温泉独有的蒙蒙雾气在漆黑的夜色里飘飘洒洒似乎要将无尽的暧昧升腾入云霄……我未加思索就近跃入一个温度仪表红色数字显示为40℃的无人的芦荟池中，让疲惫的肉体、超负荷的心脏以及不着边际的魂灵一起在温暖且透着乳白色的液体中得到安抚。

　　我把身体调整到一个舒适的姿态全部浸入到比体温高出3.5℃的温泉水中。尽管在数九隆冬室外的夜里只穿了薄薄的泳衣，只是一会时间，热能便迅速地由表入内传导至全身，头上开始微微地冒出汗来，神志也随着热效应作用进入了晕晕乎乎的境界，许多天的疲乏山呼海啸般向我袭来……我几乎就要睡着了，就在我快要进入梦乡的时候浪漫之幻想翩然造访：我看见汤池廊外，大片大片的雪花飞飞扬扬，翩跹着数九的舞蹈，疏影婆娑，摇曳着朦胧的月光，仙气中，忽隐忽现着"精油汤""牛奶池""石榴御"以及可与你有着肌肤之亲的"小鱼温泉"……

夜朦胧，人朦胧，天可当被，温泉水做床。

今夜，我将与谁共眠？！

纸笔情书

亲爱的：

见字，如面。

今天是中伏的第十二天，酷暑难耐，我坐在济南瓦库的茶桌上给你写信。窗外绿竹斜晖，舞影如画，室内素朴安详，忽就生出写一封情书的冲动。此情此景，如果缺了悱恻缠绵，还真感觉辜负了余平老师对济南瓦库设计的初衷和独具的匠心。有些时光是要用来一个人独坐的，比如一盏茶的时光，比如思念的时光。在这独坐的时间里，若再用毛笔在泛着时间记忆的信纸上用小楷字书写心情，想必才是对此景此情最契合的成全。想了想，就写一封情书给你吧。我先写，至于你能不能看到，那要看心灵的呼应了。

　　说起来也算是天意。我这个忠实的瓦粉对坐落在各个城市的瓦库都不陌生，虽说古人素将"弄瓦之喜"比喻喜得千金，但以瓦的材质和基调，我还是更愿意联想到刚毅硬汉的男性。让人新奇的是，进到济南瓦库店，空间美感的气息会让人们将设计师一厢情愿代入式地定位成是一位知性怀旧、优雅细腻、文艺感十足的年轻女性。店长小刘一边泡茶，一边诠释余平先生对济南瓦库的设计意念。一刹时，那柔软温情、梨花带雨、柳腰轻颤的夏雨荷就立现在微缩版的大明湖畔，臂挽刚刚出水的莲蓬荷花竹篮痴情守望，眼底涌出两汪清泉滑落，扰了一池的红鲤齐刷刷游向那红粉佳人……而那青瓦覆棱本白色彩的阶梯上，发髻高挽、目光悠然、裙裾拖地的千古第一才女李清照正拾阶而下，荷池两侧那半壁的书架恰好成了"才下眉头，又上心头"一腔离别愁绪几阕婉约妙词的背景。

　　在这样的场景下写一封情书，该是对光阴和背景最好的纪念。用狼豪的小楷湖笔和泛着陈年时光竖帘的宣纸信笺，用心用情用力，白描出夏雨荷那红豆生根发芽长眷恋的眼神，将那些不忍触及的留白浅斟低吟，声声慢，寻寻觅觅……

　　写一封情书的念头突然而至，还真有些让岁月措手不及。久违了的写信场景影影绰绰又现在眼前，一回首，三十余年白驹过隙……端起茶杯，慢慢落笔，有一种情绪或是思念，如茶，淡淡地，入了心底，不言不语。此刻隔了千里迢迢，心海如澜，不知，我的笔意轻零，是否如你的岁月清欢。

有的遇见，都是前世今生该有的缘分。初相识的你我，已经错过了纸笔书信、鸿雁传情的时代。在曾经很多个时代里，写信是人们躲不过的一种生活方式：日常的，私人的，带着人间烟火气的。世界天翻地覆最剧烈的变化就是进入到互联网时代，一封电子邮件，千万里时空，也只需要一个回车键就能抵达。你一直忙，忙得用秒针做时针用，一封"春天的问候"，秋天了才收到复信。待到相知时，手机短信亦可传递问候，常常是一句"好吗？"发于华灯初上，而一个"好"字翻山越岭第二天清晨才来到。再后来，进入微信时代，分享或是问候，又常常如泥牛入海，了无痕迹。

你的世界总是让人向往，于我只能遥望。这许多年来"天青色等烟雨而我在等你"是我用心跳反复律动最深情的天籁，想你，总是那么的真实。就像此刻，当我铺开信纸提起笔的时候，我的世界只有一个你。

很多次夜来有梦，梦中有你。梦中的情景像宿命一样反复重现。

每一次都是看到你清晰地向我走来，不紧不慢，老样子的微笑，我也总是老样子，站在原地望你。但每一次就在我们伸出手彼此相握时，却不知道为什么，你的身影就会越离越远，越来越模糊……然后，就会格式化地上演我不管不顾站直身子，哭着喊着追你的镜头……再然后，冰凉的泪水就惊醒了自己，醒来心跳得生疼生疼。

想起了那一年的雪夜，在积雪很厚的小路上我们十指相扣，仿佛酱汁和果粒紧紧纠缠。一生之中仅那么一次经历的储蓄就足够用半生来消费回忆了。我甚至不敢轻易触碰这心底的记忆，回放那个雪夜清晰的画面，我怕一不小心透支了这份珍藏。

多少年过去了，老了岁月，枯了绿草，却熄灭不了相逢相知的渴望。然而，我只能选择渐行渐远地爱恋，一如张爱玲的叹息，"在尘埃里开出花来"。

夜深人静的时候，我就会做着许多许多戏剧般的幻想，曙光一出，幻想就像施了魔法的七个小矮人，消失得无影无踪，真不知道是该感谢我的理性还是悲伤她的存在。

我用远离你来克制自己的情感，半个世纪也不互通信息，遇见了就用点头和对视表示挂念。但无论怎样，心里明明白白，我没有一日与你分离！你在哪里，我的梦就落在哪里，生命不息，我就会数分数秒地等你。

我常常会用手机键盘为自己敲下"想念你！"，然后发到自己的号码上。这样的表达对我来说已经足够奢侈，只三个字就仿佛是绿洲上各种盛开的美丽鲜花，变成了连接彼此的纽带，即使现实的绿洲之外，只是一片荒芜。

我并不想伪装自己，我只是太过理性，当我无法展翅高飞的时候，我只能选择一次又一次的遗忘。

原谅我吧，我只有用沉默地方式爱你。都说是有情人终成眷属，那只是一半，还有一半的有情人会天各一方，我们当属后一半者……

亲爱的，写信真是一种真实情感现在进行时与过去完成时即兴合作最自我的一种方式，怎么就突然下笔千言，不管不顾地在纸上向你倾诉衷肠了？这真是个意外，意外到你无法想象的空间，我愿意用这种方式告诉你我的心情，而你愿意在纸上倾听我吗？

时空的舞台有时候真会让人猝不及防地本色出演，就像此刻，我独坐在济南瓦库的一个小包间里，被暧昧怀旧的气氛氤氲夹裹着，竟然矫情地用一封信书写心思。

突然很怀念曾经的飞鸿经历，天南地北，纸短情长，屈指数春来，翘盼邮差；抑或，同居一地，相对无语，借书还书，夹几页纸，互诉衷肠……想想也是，书信的时代似乎离我们一去不复返了，成日穿梭于忙碌的都市森林，自己也不曾想过，还会有一个清爽的午后，借着斜射进窗棂的细碎阳光，铺一张干净的白纸，泡一杯茶，静静坐下来，想一个久未联系的故人，一点一撇一捺写一封书信。思绪落笔成字，字是心里最真的话，笔在纸上游走成花，经年与岁月，在静默的时空里缓缓流淌。

　　信，诚也。纸很短，情却很长。原来，写信也是一种修行。读信的你呢，是否也能偷得片刻沉静安宁。

　　祝一切好！

亚亚

　　亚亚有一个好听且不俗的名字，叫竹亚，何竹亚，像琼瑶小说里的名字，但我习惯叫她亚亚。这称呼是随着她夫君对她的爱称而生根在朋友之间的，我相信，很多人都不知道亚亚的学名叫什么。

　　尘世间会有许多一见如故的人，也不乏一见钟情者，然而一见如亲的人实属稀缺，亚亚即是。第一次见亚亚，便惊喜她身上有一种令我亲近的气场。我本是一个太过感性的人，每一次与陌生人相见，总会被一种莫名的气场感染。有些人的气场是繁华热闹的，有些人是平和宁静的，还有些人是浮夸躁动的，也会有那种无法接近地隔阂与生疏的气场，但亚亚的气场是亲切朴素的，只是一个照面，亚亚浑身上下温和宽厚之气就向我扑面而来。那是几年前腊月里过小年的日子，跟着傅强先生第一次光顾苍峪村"把根留住"民俗馆。那个小年的日子有太多的记忆：飞雪飘飘中苍峪沟的山野林间，耕读人家炕头旁的大锅大灶，跟着傅先生用一院老雪堆出一个他和他的兄弟，还有天井廊下取暖的火盆，以及龙窝酒厂赵明理厂长扛来的半袋炒花生……但最让我记住的是亚亚在烟气升腾中亲手端给我的那一碗撒了青绿蒜苗和香菜沫的羊肉面片，温暖的气息一瞬间四处蔓延开来，这个小年的滋味在人间烟火气里完美收官。

　　人的一生里，也许总有一个人，会不早不晚走进你的生命，与你的余生温暖纠缠。每一次见到亚亚，她总是甜甜地用地道的方言叫我"姐姐"，一声"姐姐"，浓浓的亲情即刻就充盈于我心中。只是年龄较长的因素，圈子里叫我姐的人很多，但大多是在我的姓氏或名子后面加一个"姐"字，也有单称一个"姐"字的，而用复音"姐姐"称呼我的只有两个人，亚亚和古城秦腔名旦齐爱云。"姐姐"这个温情的称谓更加亲切、随性，却又自然而然弥漫出了家人的意味。一声"姐姐"，便让整个世界情同手足。也难怪，亚亚每一次见我就总要叮嘱："姐姐空了就回家来！"亚亚的回家，不是客套，更非虚情假意。我知道，在亚亚家里，有她用心为我定制的一套棉布铺盖，就放在衣柜里，是我喜欢的颜色。在世间，不管六十花甲，还是八十耄耋，只一句"回家"，就会岁月静美，姐姐安好。

　　我和亚亚一年中见面的次数并不多，但每一次见她，都是朴素、干净、真挚的样子，脸上荡漾着家人的表情，骨子里散发出浩浩荡荡的真诚。她热情明媚地问候所有人，张罗每一个来者入座、看茶和享用茶点、水果，然后就悄声隐身进后厨担当起永远的"煮妇"角色，从不介意是在她自家的三尺灶台上，还是友人家的厨房间。即使坐在人堆里，你看到的也是一个静默微笑的亚亚，无论是朋友间谈古论今的五马长枪，或者是兴之所至开怀大笑，亚亚只是坐在一边，像课堂里的旁听生，安静如处子，从不插言。她会适时地起身为在座者斟茶倒水，永远保持着最恰好的分寸感。我常常惊叹亚亚的心胸如同她名字中的那一个"竹"字，既有无私奉献精神的品格，亦存坚韧不拔、刚正不阿的英雄本色，还具备竹子虚心谦逊的内涵。清雅脱俗、不作媚世之态；一尘不染、无怨无悔隐秘在尘埃世间。

　　若无生活，何谈情趣。若没有烟火里的操持，又何来烟霞中的升华。亚亚的厨房里有电磁炉，有燃气灶，也有一个用青砖和白泥砌成硕大的炉灶和灶台。炉膛边堆满了整齐的木柴，她系着棉布围裙在灶台上擀面，在炉膛里烧柴火饭，这情景总让我恍惚今夕是何夕——是民国，是儿时，还是电影电视剧里？

　　庚子年立冬节气，我随几位友人在亚亚家新改造成的民居二楼住过一晚。我不知道亚亚是不是鸟鸣即起，扫院、和面、生火、煮粥……反正待我起了床下得楼去，几样荤素小菜、热馒头、煮鸡蛋，还有摊好的一摞煎饼，热腾腾的小米粥已经满满当当摆上餐桌了。

亚亚的茶饭才叫一个好，是那种"纤手搓来玉色匀，碧油煎出嫩黄深"的好。无论是传统的花样面食、地道小吃，还是逢年过节待客的七碟子八碗子，经亚亚的手操持出来，从来都是色味俱佳，让你享用一次，就会回味无穷地惦记下一次。尤其是现在这个时代，还能够大笼蒸馍，大案擀面，吃上最本味的柴火饭，那还真是不太容易。我问过亚亚，像她这样的 70 后，现在即使在农村，传统的饭食能够做得这样精致地道，应该也找不出几个人了吧？亚亚说，她是童子功，从小在家就练出了招待八方来客厨房里的十八般武艺。亚亚还说，她热爱柴米油盐与锅碗瓢盆碰撞出的日常，一日三餐里藏着最朴素的人间真爱，厨房的烟火能让她感到实实在在的日子就在身边。我终于知道了亚亚的四方食事为何如此精彩，她带着无垠的诚恳，越过时间河流的彼岸，和大地上生生不息的烟火气相濡以沫，绵延无尽。

烟火气又是什么？是人间百味，是安稳的日常，是至亲至近的平凡岁月，是亚亚敦厚的模样。

早春二月里，我去亚亚家探访，只有男主人在家里候着我，亚亚和她家的爱狗多多已经去了田间，去采那地头里的春菜。我赶紧让亚亚的夫君带路，我也想去闻一闻春天里泥土的气息。到了地里，亚亚已经采了几萝筐的荠菜，我只好做秀摆拍了几张照片了事。回到亚亚家，午饭桌上就有了早春的味道，那低调而奢华的味道翻滚在我的舌尖上，味蕾成了这个美好春天最本色的记忆。对亚亚来说，操持一桌子家常便饭，无疑是她感觉最浪漫而有趣的事情。一粥一饭间，踏实妥帖，丝丝入扣。那是属于亚亚的好，带着家的味道。

我身边的一些人整天念叨着要返璞归真，那是在拥挤的空间里渴求逃出界外，从繁杂的事务中渴望回归最初的朴素。亚亚不说，亚亚年年月月日日就活在自己拙朴真实的世界里，日常的琐事就是她的似水流年。

亚亚是国家公务员，是机关干部。我相信，亚亚对待工作一定如对待生活般热爱和勤恳，她的领导同事也一定会像身边的朋友一样对她褒奖和肯定。因为每一次看到亚亚，她的脸上都泛着一层粉红色的光，爱是热，被爱是光，亚亚二者兼具。也正是因为亚亚心里有着温暖的底色，才能使你什么时候见她，什么时候都会心生暖意。

相遇不易，我会记住亚亚对我的好，生命本是一场厚赐，一花一草、一人一事，皆是最好的安排。

择一城终老

"遇一人白首，择一城终老。"

每一次看到这句话，我都能被煽情得热泪盈眶。现在的我，也以正在进行时的步伐踏在"与一人白首，与一城终老"的路上从容不迫地前行，心态平和，脚步坚定。

西安，我的城，一座有着几千年历史的古城。我生长于此，青春奋斗于此，爱恋长情于此，也必将终老于此。一生只与一座城纠缠，并且深情以待，是一件十分自豪和有幸福感的事。

儿时的记忆里，我的西安城是单指城墙圈里的城。东南西北四周的城墙是城乡的分水岭，甭管日子是穷是富，也没人去探究谁家的成分高低，心里只有一个反差：城里人和城外人。住城墙里的人总是要比住城墙外的人多几分优越感，即使只隔着一座倒塌了门洞的老城墙。

如此，我就有了双倍的优越感。爸妈家在朱雀门里的盐店街上，姥姥家在解放路一带的东二路上，就挨着民生百货大楼（民生大楼第一次扩建姥姥家就成了首批拆迁户被重新做了安置）。在姥姥家待的那几年，民生百货大楼就是我的游乐场，那大约二十厘米宽的石质楼梯扶手就是我们天然的滑梯，我可以一口气从四楼一溜地滑到一楼，上上下下乐此不疲。到了夏天，那儿又成了我们这些孩子的避暑胜地，每一层楼梯间的过道既阴凉又生风，拍糖纸、抓杏核，漫漫夏日长。现在说起来我也还是百思不得其解：好几层高楼的大商场，整日里咋就没有几个购物的人呢？就是年节假日，也看不到有多少客流量。我的印象里，营业员（那时统一的叫法）好像比顾客还多。搁在现在想，真不知道那么大的店堂，有盈利点吗？一年的营业额能不能包住营业员的工资？黄金地段啊，只是作为西安人高端阔气的一个标志，地域资源纯属浪费。

自打成了小学生，我就是地地道道西大街居民的一分子了。南院门五味什字必得天天报到一两回，每天生活必需的蔬菜副食品就来自大保吉巷口上的小菜铺。五味什字拐角上的豆浆房盛满了少年时豆浆、油条、豆腐脑，麻花、油糕、蜂蜜凉粽子的味觉记忆。当然，在少年的味觉记忆力，最不能缺失的是南院门"春发生"的葫芦头泡馍。端个铝锅，或者提个搪瓷罐，一块钱，两份单汤，十个托托饼，端回家一掰、一煮就是全家十天半月改善生活的美味佳肴。如果是夏天的季节，再放两个西红柿，几片豆腐干，完全就是现代版的优质泡馍了。在那个每人每月半斤肉食票的计划经济年代，"春发生"葫芦头泡馍就是我们家孩子身体发育阶段增补营养的重要篇章。

上中学以后，我行动轨迹的重点就转移到了西大街上，逛城隍庙跟上我家后院一样便利，一天几趟也不足为奇。我的中学母校——西安市七中，就在西大街的街面上，东邻北广济街（现在回民街的一部分），西隔壁五十米处就是城隍庙。有同学课间十分钟跑过去，一两粮票九分钱买两块桃酥或一毛二分一两的蜜三刀，再跑回教室，若时间宽裕，还能吃上几口才听到上课铃声。而每天下午的放学路上，几个结伴同行的女同学挎着书包，挽着胳膊搂着肩膀必定会先进城隍庙几个铺面遛上一圈。其实什么也不买，好像也没有什么固定的东西有太大的吸引力，只是一种习惯，也仿佛只有用每天的踏足之下才能成全"此处当是我的根据地"的心理暗示。视察完毕，过马路，穿庙巷，然后你朝东我朝西地各自回家。

20世纪60年代末70年代初，街道里挑担提筐卖吃食的不多，但也因为与回民区毗邻，又多了几许特殊的优待。日常里会有卖搅糖的走街串巷，北广济街上炒葵花籽、炒花生米也是从未缺席过。逢年节时会有爆米花、捏糖人等在街面上出现，孩子们买不买都能兴奋地围成一个圈或跟出几条街去看热闹。特别是爆米花的师傅来，再缺粮的家里都会允许孩子掬上一缸子大米或玉米去爆回一筛子"花"来解馋。那个年代各家的日子都不富裕，但大家却甘之如饴，所以至今根深蒂固的味道记忆还是少年时舌尖上的烙印。什么时候想起，什么时候都充满了甜蜜和温情。

《红灯记》里李玉和唱到"穷人的孩子早当家"，我们这些早当家的孩子对走街串巷手艺人的吆喝声尤其敏感。"磨剪子来锵菜刀——"，只要听到必会急急地拿了剪子、刀去刨新磨利；有一次居然来了一个钉盘焗碗的工匠，为了满足我的好奇心，我妈愣是舍得浪费了一毛钱把我家一个裂了缝但还能正常使用的盘子让工匠做了修补，这一幕情景几十年过去我仍然清晰地记得每一个步骤和细节，而且至今对锔缮的工艺情有独钟。也是哦，这个世界只要还有烟火气在，就不会觉得有多糟糕。

想一想，其实所谓的乡愁应该更多的是苦难岁月中那一丝一缕琐碎的幸福细节，就像我等这般饮食男女，对一座城的记忆，市井之声或许才是我们和这座城最深的交情。

时代日行千里地进步到了今天，人们的意识里早已没有了城墙内外的区分，二环、三环的概念才更令人明确方位。但上了点岁数就总爱怀念曾经，那青瓦砖房的情结总也挥之不去。尽管现在的城墙圈里也是遍地高楼耸立，那老城砖以及青瓦飞檐与蓝天流云飞鸟折出的天际线再也看不到了，少时的故园也已经面目全非，不过还好，故地还在，街名还在，念想还在，东西南北的城墙还岿然不动地伫立在老地方。

西安，我的城，一座令我充满最真情回忆的城。青瓦房，老城砖，寻常市声……我希望，在我离去的时候，耳畔传来那诗意般市井的吆喝声，眼前浮现出一组从城南航拍城墙里的镜头：屋檐相接，参差错落，连绵起伏地灰瓦屋顶，瓦缝间隙里生长着暗绿色瓦松，还有曾经的庭院深深，槐树炊烟……

贰·孤独的狂欢

孤独的狂欢

　　庚子年正月十五，朋友圈里最流行的一段话是："今天正月十五了，请大家千万不要出门，否则病毒就会笑话我们，躲过了初一，躲不了十五啊！祝大家元宵节快乐！"

　　上元日。太阳照样透过飘窗玻璃洒进了半边屋子，隔窗望出去街上依然空旷行人寥寥，我依旧一个人守着一个家。这是自有生命以来最长久的一次禁足，几天几夜甚至没有发出过声音，除了见"微"如面的点赞、手动互致问候，连电话和语音也没通过一次。

　　想起了被很多人推崇的一句富有哲理的话："孤独是一个人的狂欢，狂欢是一群人的孤独。"疫情之下，全民宅家的日日夜夜，不知那些整天叫嚷着要寻找孤独、渴望入禅的人有多少真正享受到了"一个人的狂欢"?

我有一个哲学家朋友，独立学者身份，每天唯一要做的事情就是把自己关在书房里读书、写作，至今没有启用智能手机。他没想做高僧，也不是要脱离时代，他讲课的视频、音频在互联网上很是火爆，也拥有大批量的粉丝。然而他拒绝各种热闹无效的交往，甚至难赴老朋友间的一次饭局，也从未听他表达过类似"孤独是一个人的狂欢"这样的境界。他只是觉得时间不够用，他在争分夺秒地学习、思索、梳理、写作。一个真正做学问的知识分子，首先是摒弃了身外所有的功名利禄嘈杂纷扰，才能够沉浸在自己创造出的丰富的安静之中。

还想说我的一个闺蜜，一个有着一双美丽的大眼睛、善良温和、驾驭文字高超若天仙般的作家。几年时间了，她的日常就是宅家。喝茶、读书、码字、听音乐、看电影、做家务。偶尔她也会一个人赴一场院线的影片，或和爱人一起去大自然中放风，找一处山顶的木屋小住几天，敞开怀呼吸清新的空气，忘情地与蓝天白云青山自由缠绕。她不发朋友圈，也不关注朋友圈，甚至删除退出了所有的群聊。她从不倡导独处，也不为自己坚持不社交寻找托词，她只是言说，她终于发现自己似乎命中注定适合独处，只有这样的生活方式她觉得自在和舒服。

我豁然开朗，其实真正的孤独是一种真实的自我，他们只是实实在在地做着自己，想自己所想，做自己所做。也许内心时而会有些忧郁，但一定不空虚，这才称得上是一种自我和本我的狂欢。

是的，在极度浮躁、追求物质、追求财富的现实环境中，很多人迫不得已地辗转于推杯换盏之间，马不停蹄地去赶赴一场又一场热闹与繁华。在追逐的疲惫中，这些人会时不时向众人发宣言：他要隐居，要远离城市的喧嚣，寻一处山里的房子享受孤独。可是一旦安静下来，就像现在，突如其来的疫情令大家毫无精神准备地各就各位时，那些曾经叫喊要享受"孤独"此时被禁足在家的人，顿时空虚无比，倍感孤独。

很多人不喜欢独处，他们在一个人的时候，会感到寂寞难耐，茫然失措。而空虚的人，更害怕孤独，一刻也静不下来，他们以往在与人的交往和"狂欢"中忘却自我，麻痹自己，使自己没有时间和机会去感受和体会内心的空虚，一个让人措手不及的限制出门就让这些人慌乱无助，无所事事，度日如年。

很喜欢余华《在细雨中呼喊》里的一段话："我不再装模作样地拥有很多友人，而是回到了孤单之中，以真正的我开始了独自的生活。"

我身边的朋友中傅强先生就是一个在非常时期开始从容独自生活的典范。元宵节的后晌，傅老师在包装盒纸版上用油彩画了一版彩色元宵发到了群里，并留言："闲在家里煮元宵。"多么喜庆诱人的一幅元宵图，充满了写实主义与诗性。元宵节，因特殊时期不能出门买来传统的元宵，就煮一锅艺术的元宵过节，并且分享给朋友们，让我也"品尝"了十五的元宵，并且与傅老师享受同一款待遇。

不仅如此，第二天傅强先生又在群里上传了个好方法："炒上四个菜，打开一瓶茅台，将酒桌搬到穿衣镜前。一下子就热闹了，不仅有陪酒的，四个菜变成了八个菜，两瓶茅台酒，爽极了。陪酒的很豪爽，你喝多少他喝多少，划拳总是'喜相逢'，这顿饭就超值地有滋味了！"一个人的日子，他也能过得有品质又从容不迫。

跟傅强先生在微信上聊天，艳羡他在炮制的每一餐饭里都能添加一种特殊的佐料——艺术元素，即使一碗揪面片也都多出了诗情画意的味道。傅强先生说："这段时间以家庭为单位的隔离，倒不如说是个体蜗居，自己料理着自己的一切。待在家就想把日子过得简单点，平常的一日三餐也改成了一日两餐。它不用应酬，不用客套，少了麻烦事反而随心自在，符合当下非常时期的节奏，少吃少餐养成健康的生活规律，这样的回归也为常态化提供了一个清醒的考量。"

是啊，活得孤独可以是有些人的常态，但既来之则安之的从容才是享受孤独的一种姿态。傅强先生称得上是一个有诸多"战场"需要他去运筹帷幄的领袖级人物，还是一个被各种文化艺术活动邀请站台发言的大艺术家，一年四季休息日都难得清闲几天。想必这个正月里，他原本会有多少事情需要去打理，有多少亲情友情需要去打理，但面对特殊时期，傅强先生却"独"得泰然，"处"得自若，不仅把各种包装纸盒创作成了艺术品，更对每餐茶饭倾注心思与智慧。看他晒出的几盘子几碗餐食，不摆小酒，都能醉倒万千吃货；再把菜谱和操作流程用文学语言一发布，轻轻松松就能让人遐想出满汉全席。傅强先生却戏谑"如若不然，做饭就完全成了体力活了"。他还说："饮食的喜好常常是一个人自小养成的记忆，它刻骨铭心，以至于影响一个人性格的形成和为人处世的准则，味觉这一情感之源正是打小来自于母亲的养育。母亲完善了一个孩子内心深处的性格趋向。它像一把尺子能掘进内心测量你的从前，也会折返回来指定你往后的目标。……疫情还不知何时见分晓，但有了对母亲的缅怀，有了对记忆家常的传承，就淡定了许多，就不会心慌意乱。"

　　把生活写成诗文，那是诗人和作家们的特长，而把生活过成诗文，那才是人性要完善的使命。在这个居家独处的时段，我很庆幸身边有这样的榜样，能够把诗文与生活中的轻松愉悦融合在举手投足间，而且生活过得风生水起。

　　一个五味杂陈的庚子年正月。我除了刷着手机沉浸在焦虑、愤怒、感动、流泪和祈祷之中，最实际的是要必须面对自己长时间居家独处的生活状态。这几天，"享受孤独"的鸡汤有点泛滥，即使喜欢喝鸡汤的人也明显营养过剩了。喜欢孤独的人，独处是他的幸福时刻；喜欢热闹的人，独处就是对他的绑架。所以，我以为不必教科书似的教所有人学会享受孤独。孤独本就是一份心境平和，无需至高无上的包装，是一种无所外求的精神圆融。我倒觉得"磨"是一件对时间、对修为、对本性最为滴水穿石的利器。于是乎，在这段特殊时期里，情愿与不情愿，自觉与不自觉，只要你还是个守法公民，还具备社会公德的底线，一家人居家，还是独处，都只是你唯一的选择。与其惶惶不可终日，倒不如接受现实，重新设计一种新的生活方式，无事找事，从中找寄托。一而再，再而三，铁杵都能磨成针，从焦躁到安宁就是顺其自然的事情了。

　　独处亦有清欢事，不试试怎么知道其中的妙处。所以我倒是很佩服那位用瓜子皮垒起一座墙的微友，那得有多么清醒而安静的状态下才能无聊地完成这个过程。我是做不到的，一天的时光总也感觉不够用。午睡起来，凑着窗外的暖阳，用一个人的茶具泡上普洱茶，把一本闲书当作道具，茶才喝到不浓不淡琥珀色正好看，书也还没看上几页，天色就暗下去了……

毕竟，人生也是需要独处的时刻，这也许是每个人都将经历
的时刻。在独处中去遇见真实的自己，回归精神的安宁，也许才
会找回生命最本真的快乐。我的理解是，独处时，先让自己安静
下来，再去追求丰富的安静，那是一种修炼。

宅家半月有余了，独处有感而发。敲完这些字，已经是凌晨
一点钟，应该是庚子正月十六了。都说是"十五的月亮十六圆"，
我走到阳台上，从窗户看出去，一轮满月高高悬挂在东南方，月
光如水。我用手机拍了几张照片，上传到朋友圈，写下"庚子年
正月十六，清风，冷月"，发了出去，仅作为对这个没有流光溢
彩的上元节的自我纪念。

往事成茶

　　昨夜有雪。

　　清晨，我迫不及待地推开窗，天地一派白色苍茫。真是一个久违了的美丽的冬天。

　　这种天气不用出门，待在暖气房里焚香煮茶，没有比这更好的事情了！

　　早饭后，我便取出只用过一次的雕花绿檀木大茶海放在茶几上，就打算一人、一盏与陈年的普洱切磋出冬的清欢。

　　这个雕花绿檀木茶海长近一米，是本世纪初我从广西"友谊关"口岸一路小心翼翼手提肩扛带回来的。虽说材质并不高贵，但雕工却是极其精致的。按价格论，它肯定不是出自大师之手，然倒也能辩识出是有年头的工匠之作，自定义是一个准大师级别的作品。难得的是我一见钟情，它便被我视为可传代的东西收藏回来，只是家里空间有限，平时总是被束之高阁。

续水、烧茶，我要在这个下雪的日子里，随性且自由地沏一壶温暖的心思，让凝结成郁的心田在雪与茶的交融中缓释。茶叶在滚水中慢慢舒展，茶色由浅至深，斟入茶盏，我将浓香送到唇齿之间，闭目静品，茶情与茶心便连成一线。这一个冬天的心事，愉悦、委屈、思念就都被妥妥地安放在这一盏茶里了。连饮数杯渐入茶境，喉舌如清泉，体内似流水，好像醍醐甘露，又仿佛品出了几世的轮回。这一刻我的心也随茶沉静下来，静得特别清醒，清醒得自己看见了自己。人生中许多的酸甜苦辣就这样停泊在我的舌面，让我如此清醒地思考和回味。

往事如茶，或喜，或悲，或愁，或恼，此一刻全都在一杯茶里倾泄……

电视里天气预报说，雪天还将继续。

想起了十年前也有过这么一场连续几天几夜的大雪。

雪花漫天飞舞，从早到晚，一直没有停歇，加上风的助威，奇冷无比。雪夜，从朱雀羽毛球场练球出来，踩在吱吱作响的积雪上，我与灵姑娘讨论起一个温暖的话题：私奔。

我俩一边天花乱坠地设计各种私奔的场景和细节，一边入情、入景、入戏地打算导演一场雪夜私奔。我们憧憬着刷新人生长河新纪元的一次壮举，虽不能惊天动地，但惊家人动朋友是完全可以达到预期效果的。

创意中的私奔情节像《罗马假日》里的镜头，一帧帧飘在雪夜的天幕上，让人禁不住热血沸腾，跃跃欲试。就在摩拳擦掌地计划怎么将虚幻落地成行动的当口，灵姑娘突然失去了热情，说了一句我至今难忘的名言："浪漫肯定创造到极致，但浪漫的最终结局无可预见，江湖浪大风急，漩涡丛生，只怕是私奔的初衷，裸奔的终极。"

"浪漫之私奔"这一幕还未开场就以流产而告终了。我俩开怀大笑地摔倒在雪地上，顺势再翻滚几次，然后爬起来，拍拍粘在身上的雪粒，各回各的家了。

事后，我在博客上敲下了我的名言："不成熟的人为了伟大的爱情而英勇地去死，成熟的人为了伟大的爱情而卑贱地活着。"

"我卑贱地活着，但浪漫依然。"

那时我比现在年轻十岁，还有力气春心荡漾地做一场私奔之梦。

平心而论，谁的年轻岁月里不曾有过虚幻的"春梦"。正因为规矩之外的可望不可及、不敢及、不愿及而永远地被向往，也才会刻骨铭心地记住了过往。深情之所以值得守望，也是因其味厚而深远。

到了今天这把年纪，"把生活过成一首诗"，这诗行更多的时候是落在沏一壶往事与佳话的茶水中了，而远方是要多花出几倍心思才能去抵达。

往事成茶。品这杯茶，浓有浓情，淡有淡意，个中滋味都是人生过往的恩惠。每一个人都有风景这边独好的往事，春花秋月、冬雪夏风，就是一杯淡淡的清茶滋味。历尽人间坎坷、世事沧桑，生活就是一杯浸透尘世烟火散发千滋百味的老酱汤。

往事成茶。淡也罢，浓也罢，都是世间独一无二的滋味。情在心里，浅尝最为甘美；忆在其中，无声也是温暖。

这个雪天里，往事随雪花飘落茶中。喝一杯往事茶，天下在变，季节在换，茶心不语，欢喜不言。

女人与茶与拍照

　　"吃茶不拍照，臣妾做不到"是西安一位 80 后美女作家墨姑娘一篇文章的题目，我借来做了这篇文章的开场白，就是为了炫耀一下女人与茶的矫情。

　　喝茶之于男人是技术帖，而于女人却是艺术品；男人论茶是大写意的泼墨山水，而于女人，却是诗意表达的工笔花鸟。

　　男人喝茶，品的是个中滋味；女人喝茶，品的是其间情调。

　　娘娘系的女朋友曾言：女人喝茶，总是有些矫情的。又要好喝，又要好看，又要养眼，又要养心，真是矫情得够够的……

　　春日里喝茶，喜欢在茶盏边上放几朵小花，香吗？其实不，就是觉得像坐在不凋的花里滋润着春色。炎热的夏季，喜欢在茶里加点玫瑰碎荷叶什么的，不着急喝，静等茶叶和水慢慢融合，等着唇齿间的荷风美意。秋日一到，桂花蛮横的香气总是有着不容拒绝的霸道，那叫一个高调，入茶是必不可少了。到了秋天还喜欢引菊入茶，喜欢菊花的苦寒之香，每每饮菊，更是添了一份心远地自偏的淡然与体己的欢喜。最喜冬日的晚上，窗外大雪纷飞，屋内的茶炉定是煮着滚烫的红茶，让浓浓的茶香溢满房间的每一个角落，插一支瘦梅痴坐慢饮，想着红泥小火炉，想着和谁能饮一杯无？

瞧瞧，瞧瞧，哪一道茶不是一幅画面感十足的工笔，茶的元素倒成了配角，成了点缀。

鲁迅先生有一篇名《喝茶》的文章，其中说道："有好茶喝，会喝好茶，是一种'清福'。不过要享这'清福'，首先就须有工夫，其次是练习出来的特别感觉。"

鲁迅先生所言即是男人的喝茶，很是复杂，得下功夫，多练习，还得做足功课去寻找特别的感觉。而什么是特别的感觉，技术指标多少，标准条款几许，无从查找，又不断提起，喝茶似乎成了一种寻求境界的事业。所以茶的品相，水的温度，出水时间，汤色浓淡，等等，就成了男人喝茶追求的元素和目标。

傅强先生朋友圈里言茶："茶百味，人各有好。老枞茶如长者貌，不火不燥，随心遂愿，尽享天然。每每入口，便想起深居武夷山之巅的种茶老者质朴之语：'茶就是茶的味道嘛。'无为而为，平入心腹，如静水漫地，催生万物。"

如此又看，男人喝茶，不仅要讲技术好，还得具备哲思的境界。喝茶就要喝它一个"入禅""悟道"……最终是否还得升华到人类的三大终极命题上去，不得而知了。

女人喝茶就简单多了，形式是主要的，情调是首位的，感性是唯一的，拍照是必不可少的。好喝、好看、好心情，就是对一道茶最直白的追求。不以价格而论茶品，也不放大茶的神奇，更不会思考把茶从哲学的层面推入玄境，只是知道茶本身就是一片树叶，更愿意倾尽心思渲染那一片树叶的传奇。所以，才会生出众多的茶人故事，也才会有众多被千山万水感动得泪目潸然吃茶的女人。

"小桌呼朋三面坐，留将一面与梅花。"几位好友，小院闲坐，大家品茗闲话，且留一个位置与小院盛开的梅花，那清逸幽雅的梅香氤氲着茶香，则香气盈杯，只是轻轻地唇齿相触，便清香满口，沁心入脾，心旷神怡，此一刻，没有人去辨识是茶香还是梅香了。一杯香茶在手，最平淡的日子即刻就关联出诗意的风景照来，这美照上梅花是背景，主角是各种搔首弄姿的饮茶人，而手捧的茶汤仅仅成了一个造型的道具，那风月的往事，就只可意会不可言传挂在了嘴角那一抹笑靥上，着实雅事。

茶与诗，总是相得益彰的。两者相遇即是纤云弄巧，而我以为最美的茶诗词，当属（唐）元稹那首一字至七字诗《茶》。

茶

香叶，嫩芽，

慕诗客，爱僧家。

碾雕白玉，罗织红纱。

铫煎黄蕊色，碗转曲尘花。

夜后邀陪明月，晨前命对朝霞。

洗尽古今人不倦，将知醉后岂堪夸。

这首"金字塔"形的唐代茶诗，且不说形式、韵律之美别具一格，精巧玲珑，堪称一绝，单就其意蕴之美恰恰成就了现时代女人的喝茶。

"茶"是命题，但全诗直白言茶的只用了四个字"香叶，嫩芽"，接下来一气呵成的是色彩斑斓地意象描绘，明月、朝霞，碾雕白玉、罗织红纱，黄蕊色、曲尘花，真是妙啊，让人眼花目眩地享受视觉的盛宴，却又华而不奢，纤巧清丽。

原来古人喝茶形式大于内容的矫情才是登峰造极的。"曲尘花"般纤巧的茶叶，是要用极品的"铫煎"器皿来烹之，饮茶器具又必得是精美的"碾雕白玉"盏才配套，侍茶女更是"罗织红纱"

的妙龄佳人。仅这些物象的讲究也倒罢了，偏偏还得"夜色邀陪明月""晨前命对朝霞"……呵呵，这不就是当今女人喝茶的穿越版么，就差一个立此存照，发朋友圈让人羡慕嫉妒和点赞了。

深夜泡一杯茶与明月对饮，清晨泡一杯茶笑看朝霞，明月和朝霞是主客，是入镜的主角。茶，上茶，上香茶。至于红茶、绿茶、白茶、黑茶，何方仙叶，都可待客的，重点是将明月朝霞请进人间烟火，这样的日子就是不一样的好日子。

这就是女人喝茶的态度，不将就，不凑合。春来，采一壶桃花；夏来，掬一捧莲子；秋来，邀一缕秋风；冬来，红泥小炉煮一壶故事与佳话。即使贫穷，也要活得有姿色；即使深埋烟火气，也少不得早市上捎一把油菜花插在装水的瓷碗里装点日子；即使茶喝到了无味，亦有一股回甘的味道。

正是如此，女人们约茶，约的是春花秋月和冬雪夏风，约的是一壶三生三世的缕缕清香，约的是茶叶翻转的浮世清欢，约的是闲淡岁月里心悦的小情绪，还约的是梅开几朵下的美颜倩影……

如此，我就来邀月，邀风，邀你，邀她……浅酌，微醺，与这盛满美好记忆的一盏茶共守流年。

一杯猫屎咖啡的觉醒

　　大约十几年时间了，过午不喝咖啡已然成了我日常的定律，屡试屡无眠，无一幸免。尤其近几年，许是年纪更老了的缘故，睡眠质量一路飘绿，晚饭后饮茶都变得谨小慎微，否则就得一只羊、两只羊……数上半宿。

　　2018年岁首，一场鹅毛大雪铺天盖地席卷了西安城和周边地域。正是元旦小长假，一早醒来还赖在被子里遐想着银色世界的模样，微信提示音响了，"春言心语"里毓美人发消息，说傅强老师召唤大家去渭河滩踏雪。我立即兴奋得像孩子样一跃下床，匆匆洗漱一番，简单吃了几口早饭就奔到集合地点。午饭后，几辆四驱车沿着没过膝盖的新雪一直开进渭河滩深处。天遂人愿，风雪呼啸漫天舞出霓裳，远天与苍茫大地连成了一体。一条叫多多的中华田园犬在雪地里撒了欢似的自由奔跑，田野在寂静中向夕阳致意。下午茶是在旷野里享用傅强老师六点钟起来为大家准备好的三明治与热红茶。雪地红茶的热气与茶香似烟花绽放，瞬间感染了我，竟仿佛穿越进宋时的天地，古意绵绵。

踏雪归来，已近晚上八点钟了。车到了傅强先生工作室楼下，大家还似余兴缭绕。先生随口招呼，时间尚早，是否愿意上楼小坐，有红茶和猫屎咖啡，大家任选品尝。三个坐在车后排位置的闺蜜顿时集体雀跃了一下，互相交换了一个藏不住喜悦的眼神，就一致附和起来：嘿嘿——申请一杯猫屎咖啡。

"猫屎咖啡"这个咖啡中的奢侈品，于我而言，是早有耳闻并且是向往已久却可望不可及的味蕾目标。不经意间的偶遇，豁出去了，大不了整夜辗转反侧，在床板上烙饼，我也要一探其神秘味道。

三个女人一致选择不加糖、不加奶，就要原汁原味地去感受最原始的味道。傅强老师一边介绍他那个上世纪 80 年代初从深圳背回来产地日本的老式咖啡机，一边熟练悠然的给我们煮咖啡。当咖啡端上来，习惯性浓郁的香味没有在空气中回旋，直到我端起咖啡杯凑近鼻翼，微闭双目，屏住呼吸，轻轻一嗅，那淡淡的似黄昏最后一抹猩红的气息便沁入心脾，这醇香的气息竟如此私密。再品其味，温和绵软细腻的苦涩，似黎明那柔软的一丝亮光，混合露水与植物苏醒的芳香，泰然自若地释放出来，如丝绸拂身般滑过口腔。最想阐述的是，回到家里倒头即睡，睡眠竟然没有抛弃我，与我一夜友好相处至天明。

看起来，麝香猫消化系统里的胃酶对咖啡豆完成发酵后，不仅仅只破坏蛋白质，在产生短肽和更多的自由氨基酸的同时，使咖啡的苦涩味降低的同时也消弱了咖啡因的激情，即使睡前享用，也会对大脑皮层温柔以待。第二天一早，我在"春言心语"里给闺蜜们汇报我没有失眠的奇迹，妍姑娘调侃说："本欲舍身，不想结局却是花团锦簇。"

终于觉醒。不是咖啡负我，而是寻寻觅觅未及真爱，只一杯及尔，便可缘定今生。"猫屎咖啡"，你若贫贵可攀，我便不离不弃。

爱上"碎银子"

　　自打梁同学送了我一罐"碎银子"，我一反常态地掩饰不住对它的一见倾心，唯恐天下不知，招遥过市地向周遭见到的所有爱茶人显摆。"改天约了请你喝碎银子呵。""哪天来我家喝碎银子哦。""嘿，我有上好的碎银子，过来品尝哈。"千真万确，有生以来的第一次"茶"逢知己，一"品"钟情。

　　说起喝茶，我是最没有资格张扬的。论茶资，属于七零八碎蹭茶喝的主；论茶道，一星半点的常识，还是茶台上道听途说积累来的；再说喝茶的习惯，上班族里那种每天进到办公室的第一要务，抓上一把茶叶放到保温杯，或者一个敞口大玻璃杯（瓶）冲水泡茶的惯例，几十年里我是一次也没有实习过。我就是那个要么不喝茶，喝茶只喝功夫茶的半吊子茶客。

　　但这一点也不影响我对茶的品位，因为引我教我喝茶的都是资深高端品茶的人。套句俗语："一起步就在四档。"何况品茶亦如品画，意象的美感各有各的领受，个人悟性才是正道。

　　言归正传，说说"碎银子"的好。

　　有些茶起始的滋味就如青春期般的热烈，得喝过三四泡才能进入中年时期，自我感觉"正山小种"就属此类典型代表。但真正的金秋时节很短，几泡过后就会日落西山。至于到了老年阶段的滋味我也从未体验过，掌泡茶的人总在中年的后期就换新茶登场了，哪还等得寡淡无味时才弃之。写到此不免生出点凄凉，茶都如此，想必人老了不受待见也再正常不过了。从这个意义上讲，"青春永驻"也是不适合任一款茶的。这款碎银子却独树一帜，喝它的味觉，从第一口入喉舌就是成熟的厚道，至最后一口依旧温文尔雅，像波澜不惊的中年女人，激情早已被岁月磨平，娴静优雅才是她的气质。据说，上好的碎银子可以泡水二三十道，茶味几如一条直线维持在这种平静的状态。我没有试过，我最多不过喝上六七泡就胀肚"搁浅"了。

　　除了"碎银子"这种波澜不惊、从一而终、心敛意宁的味觉丰采，更让我刻骨铭心的是它奇妙的糯米香味。甫一入口，浓郁的糯香便充盈口腔，温婉而缠绵，入喉又仿佛苏绣般绵密细腻柔滑，之后很快回甘，使人潜移默化地沉浸在不温不火且平和幽香的茶性之中。

　　爱上"碎银子",除了爱上它低调地隐去热情奔放的花样年华却又不急着老去的姿态,还爱它从第一口入喉源远流长到最后一口的糯米香气。

　　只是这心心相印的"碎银子"被我仔细地喝着也茶叶见底了。欲到市场上买些续上,我又担心自己茶叶知识匮乏,不懂普洱茶而难辨真伪。现在的茶叶市场乱象丛生,我心里总是咯噔咯噔地唯恐"水深"不敢造次,倒不是怕交点学费,只是怕一次失手便辜负了"碎银子"的好。我也曾想着弱弱地向老梁同学打听一声,他买"碎银子"的渠道是实体店还是电商,能否举荐?还真恐我这以仗义闻名的梁同学见我说好,情绪一激动没捂住钱袋子又慷慨地送我一罐。万一呢?那我除了笑纳,就只能继续深情以待这割舍不去的"碎银子"了。

　　备注:"碎银子"是一种高品质的普洱茶古树熟茶,是传统工艺和现代工艺的完美结合。其原料选用西双版纳古茶区百年以上树龄的春茶芽叶,工艺流程复杂,所以成品数量稀少。因其外形精致小巧酷似散碎银两,故名碎银子。

茶香絮语

一

茶，如斯，讲的是一个缘分。

遇上一泡茶，无需众里寻他千百度，只是在对的时间，对的人，即可一见倾心。

当然，若错过一泡茶，即使再遇见，也该是另一番境遇了。

茶家前日刚得了高山岩石上白茶祖树上的少许茶芽，昨日我便被召唤了去共享其珍贵。

路上遭堵，比约定的时间迟到了稍许。入得茶室，我还未坐定，便急捧了刚刚滤去第一泡茶水的杯子闻香，溢出的香气独特、曼妙，一时无法辨识形容出来。茶人高者一句"婴儿淡淡的体香"竟不差分毫地点评到位，恰如其"味"。

但凡绿茶嫩叶，最忌沸水冲泡，而此茶却是要用一百摄氏度的沸水来泡。我请教了身边几个好茶者，大家齐声称道，这就是判断高端茶的一个标准。

白茶，"上者生乱石，中者生砺壤，下者生黄土"。高山、乱石、野生，再加上千百年的岁月锤炼，这绿白的叶子便芽芽成仙了。

想想也是，每一杯茶，都经历了或长或短的等待。从孕育到长成，从土木到金火，从沉寂到复活于水，千回百转只为爱茶人的守候。

于茶，我是愚钝者，而此茶啜来，香气优雅，入口无苦无涩，回味淡香饱满，将一棵古树的韵味温柔于口腔与喉头之间。茶香当如此，日子便是美好了。

主家便说了，茶等的是一个懂它的人。人呢，岂不也是在等一杯倾心的茶。

你若愿等，茶不负你。

二

有些美好，不记录，就忘记了。

一个夜晚，一些知己，一几石桌，一壶温茶，还有陈年的故事，儿时的嬉戏……浅酌慢品，氤氲，缭绕，飘散。

茶百味，人各有好，最难得的是茶趣人缘喜相逢。只一杯茶在手，最平淡的日子便被相融成了诗意的风景；若是几个知己同饮一道茶，情谊则比茶汤浓了。话语如清欢的茶水淡淡相宜，朴实无华，韵味悠远，身体不由得舒展，嘴里禁不住笑声连连。有茶相伴，岁月沉淀后的平静与追忆就缓缓涌来，轻捻苦涩，口中咀嚼，心内回忆。不言不语只是微笑倾听，茶汤里就浮现一个温情脉脉的世界，风月的往事，就挂在了嘴角那一抹笑靥上。

生命亦是由薄变厚，再由厚变薄的过程。如烟的岁月里，喝茶人与茶俨然成为知己，默然静守，寂静欢喜。

茶罢，一敛裾，绝尘而去，期待后续。

三

顺着脚印，又来到了一年的首尾衔接处。

跨年，总是习惯用一个仪式铺陈才算庄重，也许只是为了在自己心里给逝去的光阴一个隆重的标记。

一段下午茶的温柔时光，逃离了兵荒马乱的金属气味，让年的结尾伴一程花灶茶香。

光影的水波诱惑着秀色的佳肴，纸艺的斑斓叫醒了混沌的视觉，一丛浅淡一丛浓的花艺藏匿了太多静谧的情感……当然，还有层次错落的红茶味道，以及傅强先生光与色三原的哲学辨识。有名著名篇的记忆痕迹，有旧时光阴的喃喃低语，有阳光滤过树枝的影影绰绰，有隆冬中相伴的俏美伊人……

华灯初上，各自退场，挥挥手，道一声"新年快乐"，将过去一年的悲喜愁乐又一次还给流光。

四

近日，忙碌、焦躁扰乱了思绪的步伐，浑然不知今夕是何夕。有前有后的岁月，有左有右的日子，蹉跎得被种进了塑料大棚，全无季节的概念。

早晨打开手机，"白露"节气的各种图片桃红粉白铺展在朋友圈里。白露，一个从名字到灵魂，都无限诗意的节气。"红衣落尽暗香残，叶上秋光白露寒。"我的灵魂瞬间从连日的高负荷旋转中重新苏醒，我必须为自己偷得浮生半日闲，在风轻云淡中诠释这个节气的美好。

泡一壶陈年普洱，将滤过的茶汤倒入透明清亮的玻璃杯里，茶色如珀，茶烟似画，浅浅抿来，齿颊留香，下喉如丝绸般光滑。自酌自饮，不声不响几杯下肚，思绪在自然的韵律中舒缓，心灵在静静地流水里涤荡感悟。百草是灵物，几杯香茶清空了尘心。我不能再随波逐流地陷入茫茫尘嚣中起伏呼吸，我要跳出与时俱进的桎梏，给光阴一份留白，给自己一份静谧，给春华秋实一个微笑。

生命已经没有那么多来日方长，我要从此刻起好好虚度！

一花一福，一草一命，万物平等，各得其乐。

春言心语

　　春言心语小四班，只是一个微信群的名字。

　　四人成群的一个小班级。

　　2014年的夏天，四个闺蜜：陈毓、贾妍、王春，还有我，一起吃饭，面对面建了这个群。比较起来，我们还算是用上智能手机开通微信距离时尚近一点的那部分人吧。因为年龄稍长，我很荣幸地被默认为班长，为群命名这个光荣而艰巨的任务便顺理成章、责无旁贷地落到班长头上。春言心语，是我取了我们四个人名字中的一个字音组合起来的（因为雁和妍拼音重复了，我就用了自己曾用过的笔名馨雅中的一个字音，其实她们更习惯叫我馨雅或馨雅姐），后缀的小四班是贾妍加上的，格调一下子就脱俗而日常了。

　　春言心语的组合，是人生迄今为止舒服的相处与默契的程度直冲 8848.86 米珠峰的感觉，在智商、情怀和行为方式上高度的一致空前绝后。闺蜜相处的最佳方式是什么，是舒服。舒服的最高境界是什么，是默契。默契的最好状态叫什么，叫同频共振。

　　共同的是：谦虚、好学，崇拜知识，敬仰文化；慈悲、平和，内心深处替对方着想的善良，浸润着温柔之怀的体贴和同情；真实、自然，穿棉麻的衣服，看天然的风景；环保、简单，热爱最朴素土木瓦砖石结构的空间，钟情留有时间痕迹的物件和过往；宽容、豁达，尊重生命的本质，尊重每一个人和每个人的劳动成果；珍惜资源，温暖细致，独善其身；不浮夸，不招摇，不矫情，不高声喧哗；不拜金，不物质，不谄媚，不讨巧，不抱怨；不小人戚戚，不无病呻吟，不熬浓鸡汤；钟情大自然，喜爱行走世界，热爱各类艺术，倾心中外音乐……哈哈，那么多那么多的相似、相投、相同、相通与不谋而合，简直就是天造的两对姐妹，地设的两双佳人。

　　喜欢写作，不期待百世流芳，只是把码字当作对生命和美好事物挽留的一种方式；认真做事，不指望做事发财，喜欢和开心才是第一要素；热衷仪式感，不懈怠每一次的遇见，看场电影都会揣着巧克力和大白兔奶糖去装点心情，喝茶吃饭更是讲究选择形式和内容双优并重的店家。

群里发消息，我总是用"美人们"做第一称呼。实话说，小四班的美人真称不上漂亮，还都统一的不习惯涂脂抹粉，除了彼此素颜相对，也齐刷刷素面出席各类圈子的各种场合，但却丝毫掩饰不了每个人风景独好的绰约。

王春的年纪最轻，却是我们小四班里最沉稳又安静的人。她的文字似天上飘来的一页白云，又素又简，又空灵又飘逸，有兰花的香气。正如胡兰成所言："是从静中养出来的。临花照水，自有一种风韵。即便艳丽，亦是锦缎上开出的牡丹，底子里还是一团静气。"

贾妍的谈吐和文章，随时随地都是花开富贵，咄咄逼人的才气，壮美阔丽，笑傲江湖。放纵中有收敛，收敛中有飘逸，飘逸中又有规矩。一盘蛋炒饭都能被她渲染得光芒四射，只可惊叹，无从模仿，甚至暗生妒嫉。

陈毓就是小四班最引以为豪的大山，她的小小说创作，在小小说读写领域占领了制高点，每年她都会像走红毯似的站上国家级最高领奖台。她笔下的故事，时而跨越了千山万水的光阴与古人对话，时而又像邻家院子不同角度绽放出的野花或隔壁老王家的一地鸡毛。她塑造的人物身上常常会有一片唯美和梦幻晕染的感觉，光水交织，染了人间烟火，又脱了人间烟火。文字和对白看上去并不复杂，却总能引发读者的感触和感叹。她所记录的都是人世间关于美、关于爱、关于温暖的荡气回肠。

　　美人们的文字宛若灵动的诗篇，那是她们在这世上真实活过的痕迹。我很是自知之明，无论怎样搜肠刮肚的作文其成就也只能是尘埃里的那朵小花，不如高山仰止，俯拾仰取，真情记录，留待追忆。尽管灵枝散漫，却也真实自然。

　　■独一唯四，是一个概念，抑或是一场修行。

　　生命本是一场漂泊的慢旅，缘分就藏在美丽的遇见之后，于是就有了春言心语的珍惜。然后就只为相聚而相聚，世俗的吃饭喝茶聊天，无主题变奏。

　　说什么从来都不重要，话语投机，酒逢知己，彼此抵达，这就足够了。

　　■新年伊始，小四班结伴自由游走于故事小城，以清净之心看世界，用欢喜之心过生活。两小时走不出千米的缓慢节奏穿行于清迈的大街小巷，只为记下这座小城的味道。真是喜欢这座小城的温情与宁静，时间和方向都随遇而安。席地礼佛，安详自在，遇见欢喜，然后安于平凡。

　　■二月早春。春言心语寻寻觅觅入园林，只为倾听智者对宇宙终极的探索模型，迷失在科学、哲学、神学的精密逻辑探讨中，该是一场多么浪漫的虚度春光。

　　■真正的知己，是一份懂得。平安夜，捧着陈毓最新的《欢乐颂》，伴着圣诞的铃儿响叮当安然入梦乡。做一个高山仰止的读者，拥有的幸福会因为文笔的隽永而百倍的放大。时光的美好，有时候只需要一段文字，便留下永久的感动。

■春言心语的传说，在腊梅花开的季节多了几分柔媚的色彩。忽隐忽现的梅香在微风中缓缓润开，甜甜的飘散。暖暖的，轻轻的，合上了新年的节拍。

知己，总是会有一种无言的温暖，总是会有一种无形的陪伴。刚得了新书，权且当做新年的第一份礼物，美妙亦美好！

■霾日小记。昨夜美人大山微信群里吆喝，言，有一太好吃的西红柿鱼，明日中午请众美去品。美食相邀，不赴约不足以慰食欲，众美齐齐高举表情手，全票响应。

美人微信指点食处大概方位，既无店名，也说不清个东西南北，再问，就言：知道的都说啦，剩下的都不知道。几点？中午。好吧好吧，风格不如此，就成就不了大山。

重霾日，车号限行，集体步行赴宴。毓美人先到一步，微信群语音：你们找到某某局就看到我了，从哪个门进来都行。目标——某某局，众美分别聚向某局楼前，既无食铺踪影，也不见毓美人倩影，只好电话联系，原来早到的人儿不辨方向弄丢了自己。还好，几个聪明人岂能到了门前却负了美食，顺时针转楼，哈哈，柳暗花明是店家。

　　好一处充满了旧时光阴情调的私房菜馆。落座，菜单上画勾，姐妹们便如隔三秋般开谈，静候佳味……三刻钟过去，仍不见一菜一品，饥肠实在不忍，才唤过店家打问。服务生方说，画了勾的菜单没有交到她手里，店家正纳闷：几位美女是来我家讨免费柠檬水喝的？

　　几个姐妹的好涵养、高素质也是少见了，近一个小时不上菜，竟无一人催讨。赶紧下单，即刻美味便上了桌，默声只是片刻，"好吃！"便此起彼伏……享罢美食，香茶登场，躲进言欢茶趣中，管它霾警黄与红。

　　有如此不循常规的闺蜜做伴，生活会发生多少美妙的趣资，真真是人生幸事。

　　重霾天，姐妹相聚，好吃，好玩。

　　■贺涵说，小四班的美人们是这个世界上最好看的样子。

　　而我说，假如天上掉下个贺涵到身边，我可不可以鱼和熊掌兼得？

　　■我能想到最浪漫的事，就是小四班与花季同在。

　　■斗指东南，维为立夏，万物至此皆长大。

　　春言心语，《白马》为谊，夏花绚烂侵书香。

　　■是夜，秋雨小憩，徜徉在曲江池畔，看波光潋影，残荷萧瑟，秋香暧昧，夜色温柔。有风吹过水面，涟漪微澜……

浅浅三人行，你侬我侬，只叹如此良宵，少了春语，无有谁诉……（王春评语：看了留言，陡生天地间风流麻将未果，一池秋水笑傲之感。）

■雨，让一个下午茶时光多了些温润和缠绵。逃离了按部就班的俗务，辗转就是长亭外，古道边……

当然，有红酒、普洱相伴，还有老钢厂左右客曾经岁月跋涉过的喃喃低语，有灯光下那影影绰绰的一墙绿色，有心心念念的旧时故事旧时景……最是有秋风中相伴的红粉佳人。

■一个集体，有50％的成员荣获年度文化大奖，不庆祝不足以表达姐妹同喜同贺的愉悦心情，其庆祝规格的高大上立显于金骏眉的色与形中。

乔布斯说，"我愿意用我所有的科技去换取和苏格拉底相处的一个下午。"而我说，能与小四班的美女作家共进午餐，畅饮下午茶，八卦字里字外的缤纷和纯净，这个夏季的日子该是何等的闲情逸致。

■昨日中午，小四班约饭于城南瓦库10号。好茶好饭受用了，便集体挪步入园子赏春。

微雨细风，满目是绿。不，一个绿字道不尽绿，该是浓绿裹着新绿，新绿透着嫩绿，嫩绿呼应着春的气息。绿的丰采，绿得富饶，绿得铺排，绿得招摇，绿得饱满，绿得恣意汪洋……

何止是绿，撞上了气派的广玉兰，偶遇了妖媚的石榴花，寻觅到茎杆缠绕的紫藤架，最惊喜的竟然是一个回眸，枇杷妖娆地晃悠着成熟的枝串温和地与你调情，哈哈，是可忍，孰不可忍，立在枇杷树下一见倾心地尽享了口福。

真是出息，只此，一颗枇杷心就如丝绸般柔软了午后的时光，更鲜活的是美人们比丝绸还要柔软的眼神……

不入园林，怎知道春色几许。一个下午时光，刹那就是华灯初上，春心未尽，两车并驰，方向西南，瓦库15号再享美食。

这就是春言心语小四班恬淡、从容、真我的精神世界。随心所欲，生命烂漫，做人有品，做文有调。可以吟唱荷马雄壮的史诗，倾听"关关雎鸠"的咏叹，迷醉于文字的魔力，也会在生活中找到琐碎的乐趣，沉醉进精挑细选的食材，为家人呈上充满幸福味道的一餐。

不为无用之事，何以遣有涯之生。所以有的时候，我们需要诗，需要爱，需要无目的的相聚。

永远 Out 的那款茶

　　嘿，朋友，能否告诉我今年流行喝什么茶？哪一款茶又标新立异引领在茶世界的前沿？

　　真是无可奈何，以我对茶的迟钝姿态，导致在茶的天地里我永远是那个 Out 的人。

　　打从时代进入忙碌而热闹的段落，我们对茶的企求，就像手持遥控器时对电视画面的要求一样，幕幕皆要精彩，稍有冷场就想换台。

　　年少的记忆里，母亲的茶杯里经年累月飘着茉莉花香气，花茶（那时单指茉莉花茶）几乎是家家户户的标配。阶段性地也会称回一包高沫调剂茶的味觉，至于这高沫属于什么茶系，其"沫"之上的芽叶学名叫什么，从未得知，俗名就叫"高沫"。那时的孩子沾不上茶边的，喝茶是大人的专利。偶尔能够听到父母对新买回的高沫赞叹一声"真香啊"，那就是我记忆中父母喝茶岁月里的最高享受了。

　　成家之后，先生喜喝绿茶，他茶杯中天天泡着的是本土的陕青系列。有杭州朋友曾经连续几年寄来明前的"西湖龙井"就算是家中的上品茶了。

　　也就近二十年时间，来自五湖四海各个名头的茶，一点也不消停地轮番上演着"你方唱罢我登场"的折子戏，愣是让自己从千百年来民间"柴米油盐酱醋茶"的老末，一跃跻身成了排头兵，变成了现实版的"茶米油盐酱醋柴"。这个生活中的配角，在短短几年时间里，大张旗鼓地抢了"民以食为天"的镜头，成功越位成一部分人生活的主角。看看现在的情形，在一些人心中，他们根本不在乎前六项内容有多少更新换代，似乎一个"茶"字就左右了生活的全部质量。

　　茶的时尚速度完全超乎我想象。铁观音隆重登场，连续多年耀居榜首，圈粉无数；普洱茶搭台唱了好几年大戏，身份华丽转身，成了高端大气上档次的文化收藏品；大红袍、金骏眉各领风骚三五年；陕西泾阳茯茶，足足用了七十四集电视连续剧《那年花开月正圆》铺垫出一个传奇的茶故事；还有正山小种、白茶、黑茶、富硒茶……嫡出的就已让人眼花缭乱，庶出的就更不计其数了。

突然想起了那个驴与胡萝卜的传说：驴子拉磨时，农夫会在它眼前挂一根胡萝卜，驴为了吃到胡萝卜，就会大步地往前走。磨拉完了，驴也心满意足地吃到了胡萝卜。人是万物之灵，不会像驴子般蠢到只满足于眼前的胡萝卜，眼前的胡萝卜刚吃了没几口，前面又出现了更水灵、更有诱惑力的胡萝卜。吃，还是不吃？

其实，我们那些讲究茶时尚就是体现生活质量的人们已经用实际行动斩钉截铁地回答了上面的问题。人类喜新厌旧的天性，只是潦草地在茶上肆意一把，与换婚姻、换房子相比较，其成本基本可以忽略不计。更何况："如果没有你，日子怎么过……"对中老年群体而言，很多人的"你"就是每天的那一杯茶了。我身边还真就有不少一日无茶那日子还真的没法过了的主。

我算是看透了，茶业、茶家们也就是琢磨透了众多茶客为了强调生活品质必须与"茶"俱进又不差钱的心态，变着心思地用茶的推陈出新来拉动茶叶行业的市场需求。且不说当前茶品的名目繁多，单是色系就足以让你瞠目结舌。"红茶"是永远高贵的经典；"绿茶"则经久不衰地流行在大众茶的行列；"黑茶"的锦年韶华在怀旧中似水流年；而"白茶"以连襟兄弟携手激情返场，"安吉白茶""福鼎白茶"各有千秋……就在去年，在茶的词典里又冒出了一款"黄茶"。原谅我孤陋寡闻，当我收到了两盒"黄茶"礼品装时，确实心虚地知道自己一不小心又 Out 了一回。咨询了身边几个时尚茶人，他们也云里雾里说不清个子丑寅卯。

有幸生活在这样一个日新月异的时代，曾经沧海桑田的"花茶"几乎退出了记忆，就连父母的那杯茶也早已不断地翻新在茶的潮流中了。

茶名宛如微缩的历史。在"与国际接轨"狂奔的路上，面对今天茶市场的花团锦簇，这一代喝茶人怕日后再也找不到怀旧的重要内容了。

对于茶先锋们来说，那些彰显时尚的茶品、茶名，可视作他们追捧的"前面的胡萝卜"。而我这个脱了鞋跑也追不上、永远 Out 的伪茶客，不如借用一条古训让自己心安理得："退一步海阔天空。"

如此，在茶品不断更新流行的征途上，每每我进了茶社，还是泰然自若地老调重弹：服务员，来一壶"陈年普洱"。

继续睡，继续睡

我想，我一定是病了，且病入膏肓。

一个春、夏、秋、冬的轮回，转不去我懵懵懂懂、睡意朦胧的姿态。天凉天热，日出日落，我只一个感觉：嗜睡。我尝试过各种办法，比如运动，出游，与朋友海阔天空地畅谈，甚至寄托于季节的交替，希望改善这种状况，结果并没有因为形式的改变而发生质的改变，我依然每一天从睁开眼睛起就在与嗜睡的较量中前行。

我怀疑我的脑子里寄生了一只小小的瞌睡虫，怀疑我呼吸的空气里弥漫着一种称作"乙醚"的东西，甚至怀疑我每天喝的牛奶里有没有非法添加物三聚氰胺，是不是还含有诸如美国电影《美人计》中契巴斯母亲授意在给爱丽茜娅饮用的牛奶中所下的慢性毒药……这些无形的物质也在漫漫侵蚀着我的血肉之躯。

再这样下去，我是不是也会像爱丽茜娅一样连逃出去的力气都没有了。我仿佛看到了爱丽茜娅中毒之后那萎靡的眼睛深处所折射出清纯秀媚的凄惨……还真得感谢风华绝代的国际影星英格丽·褒曼的出色表演，将一个绝代佳人玉润冰清、抑郁和凄美的气质成全在了一起，让一个美人震撼了一个世纪。

请原谅我在睡意朦胧之中的胡思乱想。

接下来，我用了整整一周的时间，敬业地求证着一个疑题："嗜睡，是不是更年期的一个表现？"

我遍寻身边年长于我的过来人，四处反馈的答案是标准格式："只听说更年期有睡不着觉的，没听说过有睡不醒的。"也有的人会善意地附加一个后缀："你也许是太疲劳了！"

我的疑题无解。

也许命题根本不成立，但我每天仍然只是一个感觉：无论何时何地满眼看到的都是枕头。

今日偶然看到一篇褒奖睡觉的小文，题目就是《继续睡，继续睡》，像失足落水的旱鸭子抓着了一把救命稻草，一沉一浮，一浮一沉就梦醒潇湘了。

文中就写到了，古人当中，杜牧、韩愈、王安石等名人都是嗜睡之人。王安石甚至还总结出了睡午觉的经验，他夏天午睡常用方形的枕头，旁人不解其意。王安石说："枕头睡大了，易被暑气蒸热，转一个方向就会凉快些。"

明人在《睡丞记》中也记载了嗜睡的故事。原来，嗜睡也是需要境界的，能够保持一个相对高度的水准也会被载入史册，流芳百世。而今社会也在倡导，科学过好每一天的基本要素就是发展休闲，其根本方法就是统筹吃饭兼顾睡觉。

忍辱负重八小时之外，除了睡觉我还能选择什么？！

继续睡，继续睡。

对于我的嗜睡，身边的亲人、朋友都一如继往地给予宽容，他们对我种种的好，其中之一便是放纵我任性地昏天黑地地睡。不习惯早起，午睡是活着的必须，无梦不成眠……，诸多的不好我都厌了的，可他们还是一遍遍看顾我，宠我。平日里，即使天大的事情，午间二点以前也没有人会惊动我。休息日，所有的人都会小心翼翼地忍受我上午十点起床的坏习惯，午餐后半小时又要进入下一轮睡眠之中。我肆意挥霍着他们对我的好，以睡觉的名义感动着这些让人致死不能放弃的爱意。

我以为，嗜睡对于人生是有重大意义的。人需要梦想。睡觉会给人创造梦想，而不只是让生活单一的停留在物质层面。

睡着了，大地方才一片干干净净；睡着了，我才会在我梦想的世界环游四方。万籁俱寂的夜，漂浮着别样的交响，清晰而透明地涌入我的耳际，我醉心于大自然纯净曼妙的声响，追逐魂灵空洞的迷离，享受暗夜里的窃窃私语，让一段又一段纯美的爱情在辽阔的舞台绵绵散去……

我不停地想要改变自己，我无法忍受把大把的时间交给睡眠，每一分每一秒都在告诫自己"浪费时间，无异于自杀生命"。

然而，年纪越长，睡意越浓。渐渐地也就明白了，上帝缔造了一个我，原本就没指望我功成名就，我就是那百无一用的人，再怎么打磨也成不了一块美玉。

回到现实里，我也宽容了自己，没心没肺地继续睡，继续睡。

智齿也疯狂

这个夏季，祖国形势一片大好，奥运圣火燃烧在大江南北。

在大好形势带动下，作为社会最小单元的家庭，与祖国的命运紧密相连，我家整个夏季都在为"城中村改造"作着微薄的贡献。首先是整日间沙尘弥漫，面粉似的细土无缝不入地铺张在家里所能及之处；其次就是一墙之隔的厨房被重锤砸墙殃及池鱼伤得千疮百孔，让我们根本无法操练俗人开门七件事的头等大事。我家已有两月不开火了。不过，我还是坚定起一个坚定的信念，一切的困难都是暂时的，我们的身后是祖国强大的铜墙铁壁。

只是，这个夏季，有一颗智齿也不甘寂寞，以疼痛的方式证明它的存在，令你在敬畏自然的同时对生命的表征——身体的零部件也高度敬畏起来。

智齿隐隐作痛近一月时间，令我困惑不已。

查过资料，智齿，就是一个人的智慧齿，长出智齿意味着这个人的大脑、智商等发育成熟了。通常智齿会在人二十岁后开始生长，一般人都会长出四颗智齿。

可我这个二般人只长了一颗智齿，千真万确，记忆里这一颗智齿就生长了 N 个年头。查完资料不死心，这两日我对着镜子又数了 N 遍，不多不少，只有二十九颗。不知道是因为我不够聪明还是这颗智齿不聪明，就这么个唯一，不足挂齿，不说销声匿迹，还要时不时兴风作浪，以检验我幸福生活的质量。

智齿在疼痛，思维却只停留在他人长没长智齿，长了几颗这个愚蠢的问题上。于是逢朋友就问："你长智齿没有？长了几颗？"心底里其实只萌生一个希望，一众友人能与我同病相怜，妄想从别人的经验里推敲点适合自己的真理。可惜智齿实在是因人而异。仅这一点上，证明我还真是有点笨。

几位长了四颗智齿确是智者的朋友，用事实胜于雄辩的经验之谈告诫我应该去拔掉智齿，不然会导致周遭炎症经常泛滥。可一想到，要将这唯一的一颗智慧的牙齿拔掉，就仿佛是被抢走了什么宝贝似的，实在让我在三伏的天气里不寒而栗。

在对待拔不拔智齿这个重大抉择，我的态度格外鲜明，宁忍其痛，不丧其智。我推论了无数次，由于我的智商较低，还需要智齿来作补充，虽然这个多出来的累赘牙齿，不时跑出来以疼痛的方式证明它的存在，实在是让人想避而远之，但与继续发展智力这个大政方针相比较，小小的疼痛实在是何足挂齿！

在这个夏季，我一边忍受着智齿带来的疼痛烦恼，一边期待着这颗捣乱的智齿能给我带来更多的聪明才智。这种期望天上掉馅饼的思维模式再次证明我确实有点笨。

但我还是每天自欺欺人地用心理暗示安慰自己：既然智齿与智慧有关，那智齿的疼痛，就是智慧给人带来的痛苦。"天将降大任于斯人也，必先苦其心志，劳其筋骨，饿其体肤……"，"不经历风雨，哪能见彩虹？！"这个夏季，智齿的疼痛已经急风骤雨，其智慧的彩虹很快就会到来。

除此之外，我每天也在不断地开拓正向思维：尽管我只长出了一颗意味着智慧的牙齿，如果以此为基点，合理开发，和谐发展，以一"齿"拨千斤，也许会增长出数倍的智慧来。倘若为增长智慧而来，即便痛，也是暂时的吧。

反正说一千道一万，这颗智齿我得留着，以观后效！

风情万种是旗袍

一直很喜欢旗袍。

遐想着在铺着青石板的江南小巷，暗灰的天，细细的雨，女人手执竹竿柄的绢丝碎花伞，着一款高领青白底子、自肩头至下摆斜斜蔓延着一串粉红蔷薇的旗袍摇曳而来……一步是一抹丁香色的诗愁，就连周遭的空气中，也都弥漫着年华易碎的呼吸。

可我自知，不是随便什么样的女人，都能够穿出旗袍的风情，也不是所有的地方都适合旗袍的出现，那款款的高贵离我们很近，又似乎很远。于是，许多年来我就只在臆想中抚摸旗袍的冷香，隔着距离品位和迷恋着旗袍欲语还休的妩媚。

今年春天，因了看电视上于丹的访谈节目，听于丹话说旗袍的趣事，我突然就有了圆梦的冲动，就寻了为于丹做设计并亲自手工制作旗袍的美女服装设计师也为我量身订制一款改良旗袍，就开始梦想着也会成为过去影像中惊鸿一瞥的极品人儿了。

春去夏来，几次三番地去试衣。肥了、瘦了，前摆长了、后身折了，来来回回都是一个不可体，愣是难坏了师傅的手艺。那种华丽、清悠、古典、温婉的韵致遍寻我通身上下就是透不出绵绵味道……

罢了，旗袍原有她独特孤傲的品性，她也挑人！

煮鹤焚琴。就让那江南雨里着一件烟紫调子、繁复花色旗袍，腕上戴一串新摘下的茉莉，幽香里步履轻移地一路闲闲远去的女子，在历史的陈香中，以梦的名义在我的心底里永远埋下迷人的韵味吧。

钢铁柔情

在卷绕年华的时光里，总有一颗记忆的种子，萌芽成心头真挚的怀念，一不留神，就会从某个场景中蓬勃生发。

第一次踏进老钢厂左右客，只轻轻地一瞥，曾经火星飞溅的轧钢车间场面呼啸而至，顿时，眼睛就被泪水模糊了视线。三十多年前参观首都钢厂的那一幕就这样从记忆深处穿越时空，与我邂逅在这个老厂房改造而成的有着时代感的酒店里面。

那还是上大学时的生产实习，我在北京第一机床厂整整度过了一个月的时间。青春的盛放，总会成全着人生千回百转的记忆，翻阅过去的旧时光，总有一些曼妙的故事会轻轻萦绕在心头。

信不信由你，这个坐落在静谧校园工业艺术园区里的左右客酒店，就有这样的特异功能，只要你来，就会穿越时间煮雨，温暖一场遇见。

　　这个红砖白泥格调的左右客，融合在这个充斥着铁锈斑驳痕迹，以及遗留下来的灰色工业横梁的轧钢车间里，带着一身炉火的味道，浮华落寞，辐射出一个盛极而衰的年轮。而酒店大堂，那挑高十二米倾泄而下、总面积达五十八平方米的生态绿色瀑布耀眼炫目，冲击着你的视野，新旧两个世界的交汇便打造出时尚文艺的格局。

　　这就是老钢厂左右客的特质。历史的年代感，钢厂的工业风，还有时尚酒店的软件、硬件，打造了一种崭新的物像质感和生命情感。我总能在第一时间与这种充斥着年轮故事的场景同频共振，然后，在与光阴的推杯换盏里，循环往复在一片旧时光的温润光景中，寂静欢喜。

　　老钢厂左右客，钢铁当仁不让成了这里的男主角，红砖就是理所当然的女一号，而色彩的交织，光影的铺陈，就是这个场景中最华丽的舞美道具。

　　暖黄色的灯光透着暖昧的温柔，与老钢厂遗留下的沉静谦和的灰色横梁相得益彰得恰到好处；引领时尚的金属色围挡与沾着些许土气的稻麦黄色老榆木客房门彼此互补出古早的人性美感；斑驳的铁锈色遇上复古的玻璃幕墙巧妙构造出古色古香的氛围；客房里那永恒的洁白与智慧的蓝色老家具柜子混搭出过往的闲暇时光；最是那淡橙红色的阳光，一副责无旁贷的主人姿态，肆无忌惮地从窗户影影绰绰洒向高冷的水泥地面，让你恍如隔世般从深睡眠中睁开眼睛，被子里的温度刚刚好，翻个身用赖床的姿势许自己一个娇宠的早晨；最后，就是那欣欣向荣的绿色了，铺张排场豁达地将所有的色彩融合成左右客的底色，使每一节承载着历史印记的钢铁，每一块经历岁月沉淀的老砖，都被这底色描摹出朴素的模样，呈现出深情温润的气质。如此，我们的男女主角在这光影里就只折射出柔情的色彩了。而他们又将演绎出多少人间悲欢的故事情节，我们拭目以待。

最后一次直播

　　2005 年 10 月 7 日，我按每天的习惯在节目开始前十分钟走进直播间，与以往不同的是，这是我所主持的这个名牌栏目与听众朋友通过时空和电波作的最后一次交流了。10 月 8 日，全面改版的节目就会闪亮登场。

　　同往常没有什么区别，我的心情异常平静。依次放好备播的音乐碟片，把话筒调整到最佳位置，仔细检查过播音台的每一处设置，一切正常。然后静静地靠在椅背上，先让自己的心沉静下来。再浏览了一遍要与听众朋友道别的开场白，还是有些担心自己的情绪会受影响，所以提前把告别语写在了一张纸上，希望能一气呵成。

　　随着报时的最后一响，我推出了节目片头，音乐响起，打开话筒，微笑着向我从未谋面却又似乎每一个面孔就在眼前的千千万万个听众朋友道一声："晚上好！"仅仅一声轻轻地问候，我的眼眶有些湿润了，心也似乎颤抖了一下，原来，我竟然如此地热爱我的栏目，如此地留恋电波另一头的每一位听众朋友。接通听众热线的两盏红灯已经早早地闪亮在播音设备台上，我放慢了语速，用最真诚的话语同收音机前的听众作简短的告别，我要把这最后一次节目的时间尽量多地留给打进热线的听众朋友，听他们表达和诉说，与他们一一道再见。

热线不间断地一个接着一个打进来，"热"得烫手。每一条热线的表达都带着留恋，带着问候，带着感慨，带着无尽的遗憾……是啊，毕竟是与听众朋友相知相伴近十年日日相约的情感。各地的朋友诉说着他们与节目一起成长的经历，有好几位老听友泣不成声……我与他们交流时声音也哽咽了，我无法克制住自己，我被每一位听众对节目的真诚、真情、真挚和真心热爱深深地感动着，面对我如此深情厚谊的电波另一头的新老朋友，我怎么能不心潮激荡，流连忘返。当一位老大妈一遍又一遍地问及"我在哪里还能听到你的声音"时，我禁不住泪流满面……我内心一次次的诘问自己：我可亲可敬的父老乡亲呵，我究竟为你们做过什么，我何德何能竟博得你们这样的厚爱？！

节目结束后我在办公室的座机上又接听了很长时间听众的热

线，我静静地听着他们的诉说，亲切地和每一位打进热线的朋友作最后一次交流，我甚至希望让这最后一次直播的时间长些、再长些……

是呵，当我们只是在自己的岗位上尽职尽责的时候，当我们从本真出发还想为社会为人们做点什么的时候，最先被感动得常常会是我们自己。

谁的青春不追星

　　"我看着你们，满怀感激。因为你们，这个世界会更喜欢中国，因为一个国家最好看的风景，就是这个国家的年轻人！因为你们，这个世上的小说、音乐、电影所表现的青春就不再是忧伤、迷茫，而是善良、勇敢、无私、无所畏惧；是心里有火，眼里有光！"

　　上面这段话是刚刚过去的五四青年节时著名演员何冰的演讲视频《后浪》中演讲词的一段。这篇激扬的演讲画面在青年节当天几乎被"全民刷屏"，而后从网络统计上获悉，被这段激情四射的《后浪》戳中泪点更多的是"前浪"，我亦在其中。《后浪》的创作团队原意是对80后、90后青年认可、赞美，并寄语年轻一代，却触发了60后、70后已经遥远的青春记忆。我更愿意相信，只有我们这些已经度过了知天命之年，甚至过了耳顺之年的人更容易被视频所传达的积极向上的内容和精神鼓舞、震撼以及感动，我们更习惯热血沸腾地去张扬青春，就如那些年我们追过的女排精神。

突然想起了四十年前中国女排首次夺得世界杯冠军的那个晚上。那时的我多年轻啊，正是刚刚坐在大学课堂的年纪。记得是1981年初冬的一个夜晚，我们正在学校的主教学楼阶梯教室上大课，应该是《普通物理》的教学，就在大家聚精会神地遨游在万有引力的世界里时，突然楼下潮水般的欢呼声淹没了我们那位女老师条理清晰的讲课声。我们立即兴奋起来，这是中国女排胜利的信号！实话说，尽管我们仪态万方的女老师物理课讲得声情并茂，但这个时段完全吸引不住我们如饥似渴求知的大脑了，每一个同学都按捺不住想欢呼雀跃起来。课间休息时，我们向老师申请停课去庆祝，但老师坚持进行完教程才放行。

老师的下课声刚落，同学们全然不顾礼节地先于老师冲出教室，集体挎着书包跑到了大街上，而这个时候我们邻校西安交通大学的学生已经率先结队开始游行了。只见他们擂响着手里的脸盆和簸箕，呼着口号齐刷刷向东大街行进。我们一干同学瞬间被感染得情绪高亢，步调一致地加入了他们的游行队伍。那时的我们满怀热血与激情，我们由衷地、真诚地、激动无比地、彻夜无眠地为中国女排的夺冠游行庆祝。那一晚整个中国沸腾了！

第二天，国内几乎所有报纸的头版都在报道女排夺冠。《人民日报》的头版头条启用了鲜红色的大标题：《刻苦锻炼 顽强战斗 七战七捷 为国争光——中国女排首次荣获世界冠军》。报道说：这一夜，有数万人涌上北京街头。赢球之后，激动的人们聚集在天安门广场，彻夜狂欢，高呼"中国万岁，女排万岁！"平心而论，在女排夺冠之前，中国的大多数人对这个集体并无太多了解，自从这一天后，中国女排成了全国人尽皆知的民族英雄。而在这之后的很长时间，中国女排也成了我们同学间热门话题。

此后好几年时间，中国女排每逢重大比赛，就是整个国家最重大的事件，也是全中国人民集体关注的唯一要事。那个年代，电视机还是稀罕物件，拥有电视机的家庭为数不多，通常也就是单位或者学校里会有一两台电视。每当比赛直播时间，九百六十万平方公里的土地上用万人空巷形容毫不为过。甚至说，学校停课、工厂停产，所有人都像超级球迷似的守在仅有的几台电视机前，为每一个扣球屏住呼吸，再为每一个赢球鼓掌欢呼，一点都不亚于现今时代用智能手机铺天盖地转发一条视频的节奏。

也许是天意，每逢重大比赛的决赛，中国女排遭遇的都是东道主，但最终我们的女排总是奇迹般上演大逆转，屡战屡胜。当中国女排迎来了"五连冠"的荣耀时，各族人民同追一颗星的热潮达到了前所未有的登峰造极的境界。全国民众对于女排的崇拜之情一次高于一次，全国各行各业齐刷刷掀起了学习女排精神的热烈高潮。女排球员扣球的形象上了邮票，女排队员的集体照被放在了挂历上，她们像民族英雄一样被铸成了纪念币、纪念章。而我们这些与女排队员几乎同龄的学子们更是发自内心以"无所畏惧，顽强拼搏，同甘共苦，团结战斗，刻苦钻研，勇攀高峰"的女排精神为自己励志，狂热地深爱着女排这支集体主义精神开出的璀璨花朵。

我依然清楚地记得，因为"女排精神"的极大鼓舞，我们爱屋及乌地追捧过 1983 年中央电视台播出的日本电视连续剧《排球女将》。电视剧女主角小鹿纯子跨国界激励着我们青年的一代，而小鹿纯子和郎平一样也成为了我们这一代人成长记忆中最闪光的女性形象。我的相册里很珍贵地保留着一张那个年代流行的小鹿纯子式发型的照片，那清纯的笑容里洋溢着乐观向上、永不言弃的自信和执着。

回望曾经，那些年我们一起追过的女排，一起追过的中国精神，就像昨天似的历历在目。这是被岁月洗涤后的精华，是离我心门最近的声音，时不时会因为一情一景的触碰频频叩响着心脏，就像这个初夏的季节，一个《后浪》的视频，让我仿佛又回到那激情燃烧的岁月。

每一个人的青春都是青春，每一个青春都可以有万丈豪情的梦想。有些青春似水流年，还有些青春会在历史的长卷上落下浓墨重彩的一笔，就如那些年我们追过的女排，终将载入中华民族发展史册。

"左右客"的恬淡时光

也许是缘分,我第一次踏进"左右客",就一见钟情喜欢上了那里回归自然,崇尚原始质感的韵味。

我是在去年秋天的一个正午寻了去的。

由于是周末,高新区宽阔的马路上隐隐有一种末日狂欢的鼓噪,配合南来北往疾驶而过的汽车排出的尾气,倒是这个时代精准的写照。

尽管朋友何炜先入为主的描绘和称颂已经在我心里打下了深深的烙印,但当踏进"左右客"的第一步,它的存在还是将我一万零一次的想象击得粉碎。心跳的频率立即合上了这种光阴情怀的节拍。

有些眩晕。

晕晕地看到大堂墙壁上的抽象派油画和造型拙朴的剪纸对视，看到了红砖、青瓦、古木的倾情出演。

老马槽、旧家具、粗陶器，红砖白缝、本质原木构建而成盘旋上升的扶梯……其品位和举止俨然是高新科技区一道出位的风景线，犹如一部制作精良的电视散文风光片，不怕被反复点击。

"左右客"的创造者一定是既悟道又悟心的真人了，把一个"砖"的元素在这里挥洒得潇洒自如且又提炼和升华到抽象和艺术的境界，让我们内心的风景和生活的本来面目不由得回归到过去的时光。

不得不承认，这是一番独具匠心的创造。

不是独具匠气。

把一堆不同时期的砖集结在一起，既不能因究习传统而复现着毫无新意的旧气，又不能一味图新呈现出毫无内涵的俗气。出新而不俗，复古而不旧，这就是位于高新区一个角落红砖白泥的"左右客"。

是该为他们齐声喝彩的。

"纯粹就是极致的简单，简单才能永恒。"这句话在"左右客"被印证得淋漓尽致。一个老衣柜，一本线装书，一张黑白街景的老照片，一幅孩子画的毛毛虫涂鸦，抑或是一只有年代感的老藤编就的小山鹿……精致的细节铺排温暖得使人直想流泪。

　　乔布斯说："我愿意用我所有的科技去换取和苏格拉底相处的一个下午。"怀抱对生活的热爱，我愿意与这个充满原始质感的"左右客"相处无数个下午。

　　这里缺失了精彩刺激的急功近利，看不到焦虑与兴奋，也看不到忙碌和疲惫，只有柔软而絮叨的时间。

　　就约三五知己，挑一个儿时记忆中的小屋，"甜水井""草场坡"或者"柏树林"，煮茶论道。

　　每一间小屋都有它独特的气韵。色彩的搭配和谐，让人久观不厌，还有安抚人心的作用。草本的绿植，布艺的靠垫，透过竹帘散落的阳光，……看似无心却有意，随意中处处见精致，混沌里章章有细节，犹如肉中有骨，骨中有髓。

　　茶是水写的文化，不仅能洗胃，更能洗心。"左右客"的小茶屋，简洁自然，一点空间足以观天地，自然的环境给我们以轻松愉悦的定位。天女散花，天神施茶，捧起第一碗茶，心就被感化了。借着冬日暖暖的阳光抚摸着头发，不由得触及到内心温柔的心事。

　　"左右客"的茶有滋味，有香味，有韵味。青花老瓷碗盛茶，眼前犹如一池浪漫的春水，心欲跃入清丽的茶中。再看那上等的信阳毛尖，从头到脚一览无遗，亭亭玉立。茶一接到手，犹如揭开了新娘的盖头，真是撩人心扉。我用了整整一个下午，才凝固了那一个瞬间。

在"左右客"的"甜水井"喝茶，茶不变，水越喝越有了一丝丝甜的滋味，心越喝越清心越细微，人越喝越觉得天地广阔。那是一种修心一种养性，缩影着古老的情调。无酒却醉人魂灵，飘渺又灼人视听。我似溶在其中，任撩人的茶香紧紧簇拥着身体，在过往的情感记忆中起伏呼吸。

我喜欢珍藏能够触动我内心柔软神经的每一样东西，哪怕是一片树叶，半块石头，天然凝聚生活的某个时间。我知道这不单单是一个又一个浪漫地穿凿，还是对生活细微处美的感动。我也有梦想，也同样被时尚深深诱惑。但我需要的，是岁月的深沉和时尚的轻盈，我觉得似乎已经触摸到了。

这个让人心怡让人惦记的"左右客"。

达达的下午茶

达达，我的资深闺蜜。你说有多资深，四十年光阴里，她是我心目中精致小资的女人偶像，无人取代。

先来素描一幅。达达其人有着闭月羞花的容貌姿色，是继承了父母优秀基因的成果；雍容华贵、温婉典雅的气质应为三晋文化和闽南文化亲密融合的最佳呈现；至纯至美的浪漫情怀、诗意人生得益于母亲书香世家的真传；最是那才的蓬勃和情的波澜是与生俱来对文字的敏感和后天孜孜不倦修炼出的灵动和飘逸；而从少妇年华即拥有的穿戴品位令我等倾慕至老，随时随地都在用"味道"的内涵独领风骚，即使网上淘来最平淡无奇的布袄麻袍只要上了她的身就能活灵活现显出东方美的韵味……有诗为证：灵霄飘落一枝花，天上玉女到人家。妩媚妖娆透灵气，大气从容享锦华。

很多年来，幸福的下午茶时间，被她格式化成每天的必修课，即使外出旅行也不计其累赘背着全套旅行装茶具的行囊情调天涯。他人喝茶，多是以品鉴茶的色、香、味为道，而达达的下午茶品味的精髓是春华秋实，日月星辰，风情万种。她能经年累月将下午茶的标准一丝不苟地贯穿在仪式的细节里，乐此不疲的将各季花草、树木的香气与茶的滋味调和出修心养性的韵味。如此，达达的下午茶是一幅画卷，一幅诗意斑斓的长卷。

春来。姹紫嫣红的春色就绚丽了她的茶台。茶台本就搁在冲南方向封闭的阳台上，而她总让我羡慕天生有旺花木的命，那阳台上的绿植花草只是被她喂了些水，便生机勃勃地报以烂漫。花前慢饮，饮得浪漫的春水跃入清丽的茶中，那"半梦半醒半院花，半痴半醉一杯茶"的卷幅嫣然起笔在长卷的开端。

夏至。酷暑日里一场透雨，便有了"高楼雨中清凉界，小室花前自在身。兰香碧水正浓时，约来闺蜜好抒情"的水墨。轻柔的音乐背景下平铺着缓慢的岁月，几个闺蜜以茶相对，慵懒的画面氤氲了画卷里雨中茶的场景。

秋高气爽，更是饮茶好时节，达达的下午茶几乎成了朋友圈每天的行为艺术。门前桂花飘香，她随手采下泡了已时茶；窗外的枫叶红透了，就与姐妹们就着红叶喝到天荒地老；一夜秋风吹落的花，正好被她拣来点缀了下午的茶台。天凉好个秋，达达下午茶的画卷又在茶香、景幽、物雅的画面里曼妙出古老的情调。

"寒枝吐香，煮老茶，涮火锅"是达达下午茶冬日里最温暖的主题。漫天飞雪时，暖房里，茶桌旁，她捧一杯老白茶，静静地听雪落下的声音；腊梅花开了，那一树的黄花摇曳在窗外，花香飘散，茶香四溢，此一刻这一杯茶就暗香浮动了岁月静好……漫长的一个冬天，她充满质感的人间烟火就将"一炉火，半壶茶，最宜雪天闲话"铺陈在无声的画卷里。

旅行就是一场路过，路过之后就再也抹不去了，心中无时不在回味。这回味中有你、有我，还有茶。旷野里，古树下，"泡一壶茶，采一把野草闲花，缕缕清香，诗一般轻扬"，这是达达的下午茶进行时。这哪里是在饮茶，分明饮的是这份清幽怡然，饮的是天地草木间的那一袭芬芳。花为悦目，茶为清心。将日常的茶艺在山水间以花为媒地你侬我侬，茶香与花香就自然融合出了天地灵气，集美善于一身，细饮慢品中心便被感化了。于是，达达和她的闺蜜们就成全了"眼沐绿色，心在自然，草本女人喝了一壶走心的茶"。

达达下午茶的画卷里除了春花秋月的具象，可圈可点的还有茶的意象。"最早喜欢肉桂和生普的刚烈，之后又眷恋大红袍的宅心仁厚，凤凰单枞蕙质兰心的小资情调一直勾我的魂，乌龙温和绵香让日子从来没慌张过，近日又与茶中隐士如玉之在璞的白茶好上了，不是白牡丹就是寿眉。"恋上了白茶的好，便不负美好成为白茶的知音。"听说白茶有一个非常厉害的品格，叫'直心'，这直心指的是纯洁朴实，直面本心。它生于自然，长于自然，所用人工也是为它留住自然。这样的茶把它最天然、最本源的东西呈现给你了。"茶喝到这种境界，就不仅仅如她所表达的只为幸福感了，这直抵深层的意象不仅纯化了茶的今生，甚至还幻化出茶的前世。她在自己专属的"茶生活"空间里，悠然自得地写意人生，让生活返璞归真，让心灵丰富安宁，也给我这个旁观者在充满诗情画意的起伏中带来了持久的感动。

　　不，我不能只停留在感动里。我要对达达说：亲爱的，余生我要走进这不媚不俗、绚丽多彩的达达的下午茶里，和走过千杯万盏的你，一起走过春夏秋冬的轮回。一杯素茶，一窗山水，三生三世，十泡大红袍。

从容快乐地慢慢变老

感冒，只是一次最平常不过的感冒，就缠绵了一个正月的三分之二，丝抽得分外绵长，犹如就要海角天涯别离的一对情人，牵衣扯襟，久久不愿离去，不愿离去……

第三代头孢冰凉无色透明的液体在静脉与红色的血液交融回流周身整整十天，收效甚微。

注射室里看到一个高烧三十九度的小伙子，谈笑风生。一只手被吊瓶的针头固定住，另一只手打着手机滔滔不绝，念念不忘头天晚上酒场上的趣闻轶事。

年轻真好!

由此想起了我年轻时的一件往事。

记得是大学三年级暑期前的一个日子。那一日，阳光艳丽得像一个燃烧的火球；那一日，也正是一门专业课结业考试的时间。两个小时笔尖在试卷上的游走，告别了又一门专业基础知识课程。忘记了是欣喜还是哀叹地走出教室，我突然就头疼欲裂，骑在自行车上的身子摇摇晃晃有点飘，便赶紧掉转车头进了校医务室，只见体温计上的汞柱迅速飙升到四十度的刻度线上。校医用注射器吸入了两药瓶"柴胡"的液体，照臀部肌肉处轻轻一推，了事。

高烧继续。我第一次体验到人体发烧不仅会四肢疼痛，连眼眶、眼皮也会生疼，疼得连眨眼的力气都没有。昏昏欲睡磨到下午三点钟，只能二进医务室看医生，这回医生用两药瓶"安痛定"替换了两药瓶"柴胡"。

可谁知这个姓高名烧的魔鬼仍然没有退却的意思，依旧停留在四十的高度上，挨到晚上九点，我只得三进医务室。一个年纪略长的大夫沉着镇静地敲开了两只"柴胡"、两药瓶"安痛定"的药瓶，一次性完成了注射任务。

一夜昏睡。清晨，风和日丽，白云蓝天，我又轻快愉悦地穿行在美丽的校园之中，为青春描图。

青春该是多么美好，那真是人生中最奢侈的时光，青春的肌体享受着玫瑰色的假日，病魔也奈何不得。

可如今，这美好与我越来越遥远了。

过去一年的日子，书看得是越发少了，眼前常常呈现出的是朦胧画面；记忆也愈来愈差，现实生活中的总也记不住，如烟的往事却常常会在脑海中萦绕；这一病，就越发检验了我已经不再年轻的事实。

约会成长的过程是繁荣的，迎接衰老的路途却是荒芜的。然而，大自然却以它永不改变的格式对每一个生命周而复始着它坚定不移的渐进过程。这是大自然不可逆转的命题，也是每一个人生活的必然方程。告别了万紫千红的青春时代，脚步势不可挡地走进了夕阳正红的自然段落。这一路被动地跟着岁月奔波，丢失了天宇馈赠的聪灵与蕙质，失去了曾经的轻盈与健壮，就连肉体的各个零部件也从流光中渐渐隐退了功能，了无声息……唯一还能抓在手心里的是精神的色调，我便开始暮年的幻想，我发现，幻想是向上生长的，在黄昏中最易绽放。

我知道，总有一天我会衰老，老态龙钟。但即使满头白发，我依旧会临水梳妆，梳我银色的妩媚，依旧做你千年又千年的水边丽人。

我知道，总有一天我会化为烟，烟雾腾空。但愿它的升腾引无数清风，转动尘世间所有的经筒，不为超度，只为祈福人间和平。

时光的流失繁衍出许多篇章，每一个章节都会充盈着阳光雨露、碧浪蓝天，以及大片大片的浪漫草场。

此刻，我能想到最浪漫的事，就是从容快乐地慢慢变老……

叁・守候北极光

守候北极光

　　还在今年的春月里就开始计划一场追寻北极光的自由行了，夏去秋来，计划落地。就在中秋节的前一天，迎着太阳飞行了九个小时，从古城西安出发，抵达芬兰首都赫尔辛基，开始为期半月的芬兰、瑞典、挪威、冰岛北欧四国旅行。

　　冰岛之行，首屈一指期待的自然是被称为"狐狸之火"的北极光。地图上，冰岛在欧洲的角落，靠近北极圈。科普一下，极光是一种大规模放电的过程，太阳风的带电粒子到达地球附近，地球的磁力线迫使一部分沿着磁场线集中到南北两极。当带电粒子进入大气层上空时，与大气中的原子和分子（主要是氮和氧）发生碰撞，释放出能量形成极光。所以全球只有两极附近的区域能看到极光，南北半球各有一个极光带。虽然，挪威、加拿大、格陵兰、阿拉斯加、瑞典、芬兰的一些区域也处在北半球常能看极光的圈子里，但是冰岛整个国家都在极光带上，所以，在极光出现的季节和有限的旅行时间里，能够遇上极光的概率冰岛当属首位。

到达北欧，问及的每一个人都会告诉你，看极光真的靠运气，而我固执地认为，一定是缘分，是千万里追寻的那一腔痴情的感动。缘分从踏上冰岛第二天驱车抵达瓦特纳冰川脚下开始。当晚，入住史卡法特小镇。进了宾馆，首先在前台做了登记，极光出现了会打电话通知我们。再之后，按照专业人士提供的极光出现三要素我们几个轮流出门观察夜色、星空和风量。大约晚间八点半钟，一个"司导（司机兼导游）"在群里通知，今晚有三级极光预报。哈哈，我们兴奋得要蹦起来，夜黑风轻，群星闪烁，天象条件完全具备，极光降临只差一个相逢的缘分了。一个钟头过去了，两个钟头过去了，接近夜半十一点钟，极光还是杳无踪影。舟车劳顿，同行的姐妹们纷纷睡去，我依然孤单守候……这一夜，也许就是差了那么一点点缘分，北极光没有赴约，午夜之后，我只能落寞睡去。

第二天，天气阴转多云，临近傍晚，仍然没有云开月朗的迹象。吃过饭，同伴们各自回屋，没有了头一天对北极光期盼的热情，毕竟极光的出现不以人的愿望而行。极光预报指数为零，天象似乎也不符合极光造访条件，但第六感知告诉我，昨晚的守候，有点儿操之过急，极光还在绣房披挂彩衣，而今夜，极光将会粉墨登场，圆一个多少年来我为她痴情的梦想。于是，我穿着毛衣外裤靠在床头上静候佳音。我一次次出去观看天象，就在晚上九点四十分，我又一次推门看天，呀，月清风高，满天繁星。我赶紧回到屋里在"司导"群里问询：看到满天星斗，今晚极光会有可能出现吗？几乎在同一个时间，"司导"群里有人语音："极光出现了，首都城里都看见了。"我在一秒钟之内抓起外套冲了出去，顺带敲响另两间的房间门提醒她们，又一口气奔上二楼平台，这里没有灯光的照射，是这个酒店观看极光的最佳位置。

此一刻，平台上就只有我一个人，天空上并不像想象中极光出现的样子，对极光没有丝毫经验的我，分不清东西南北，身边也没有第二个人可以探寻。也许是冥冥中的注定，我没有东张西望，而是静静地看着左手边的天空，一会儿时间，黑色的天幕上隐隐出现了两处绿色的斑块，是极光吗？我在自问，完全不是图片上绿色妖姬舞蹈的模样。随着右边一条越来越清晰的绿色丝带亮出来，我才确信，这，就是北极光！于是，拿出手机试着对向天空拍照，竟然拍出了影像，这又让我意外地惊喜了一回。冰岛十月初的夜，寒冷如西安隆冬的三九天，也就四五分钟时间吧，我感觉浑身已冻僵。之前听"司导"讲过，极光出现的时间不会一闪而过，有时会持续很长时间，为了不被冻感冒，我就返回房间加了厚外套，也寄希望于接下来的守候会看到更猛烈的极光爆发。等我再返回到二楼平台上，同行的伙伴，还有其他几位中国游客已经聚集在那里了，而这时，极光出现的方向被厚厚的云层罩住了，真是瞬息间的变化啊。只见所有的人在仰望天空，寻找极光，我望着草垛般的那一处云层，指着云层后面透出的绿色亮光，告诉他们，极光就藏在云层的背后……

没有人知道，我是来赴一个千年之约的。是心意强大，还是心有灵犀，这一晚，我的极光之梦得以成全。满天的星辰中，极光静静飘过天空，淡淡的绿色丝带，短短的几许时间，足矣！

当夜有雪，天亮后我们驱车返回雷克雅未克。曾经路过的风景，因了银装素裹，呈现出另一种妖娆。

抵达雷克稚未克，暴雨狂风。哈尔格林姆大教堂、海边的歌剧院、太阳航海者雕塑、旧港，以及被大家亲切地昵称为鸭子湖的托宁湖等，只能车上观景，点到为止。只是进到极光博物馆，我们虔诚地去了解每一个细节，试图去探索这天体的神话。通过图片、文字和纪录片，我们才算是对极光知识有了初步认识。原来极光爆发，犹如夏天里的雷阵雨，有可能只落在城南的某一个区域，其他区域全然不见；也可能是东城暴雨倾盆，北城细雨湿地；还或许是横贯东西南北中，而东边日出西边雨，有的地方只打雷不下雨也是常常发生的。所以，即使在极光爆发季节，看极光除了查极光预报，还要看极光活动强度。可以说，太阳风强度是决定了极光强度的主要因素。冰岛天气预报网站上可以查询到每天的极光强度预报，一般只能预测三至五天，且六月的天，娃娃的脸，预报不如变化快也再正常不过了。所以，所有的人都在强调"运气、运气，还是运气"。正因为如此，在极光大爆发的日子，有些地区，能看到大面积绚烂、耀眼舞动的极光，整个天空都是，油画板一样。而有些区域，北极光也许只会像绿丝绒一样的光带轻轻地从眼前飘过，你还在迟疑时，只剩一片星空。

极光的缘分，真真切切可遇而不可求，就像我在瓦特纳冰川脚下看到的极光只是一条绿色的绸子那般似隐似现温柔地飘过天空，而同一个时间，冰岛西部雪山半岛看到的极光，却是寂寞嫦娥舒广袖，在广袤无际天空的舞台上，舞出了冷艳的绿色天幕。"司导"群里传来当晚西部摄影者拍摄到的北极光照片，美轮美奂得似有人在天幕上作画一般，那泼向天幕梦幻般璀璨的绿色分明是宝藏的光芒！

芬兰颂

飞行了九个小时，从西安出发，抵达芬兰首都赫尔辛基。这是我第三次落在万塔机场了，前两次是中转过境，这一次才是真正意义的入境。

还在今年的春月里几个女朋友就开始计划一场北欧的自由行了，夏去秋来，计划落地。只是临近出行，对"自由行"这个概念却思量再三，实在不好意思义正词严地套近乎了。酒店、租车、行程都被打理妥帖的旅行充其量算个私人定制吧。

赫尔辛基时间，下午两点半钟落地，与北京时间时差五小时。一个大帅哥举着纯中文标识的牌子来接机，国人面孔，中华钱姓氏，一口标准的京腔，愉快的芬兰游就此拉开帷幕。

清晨五点半钟起床，掐指一算已经过去十四个小时了。由于对睡眠姿势很有要求的强迫症所导致，坐着的姿势下我就只能醒着，一分钟也睡不着，只能眼睁睁令大好的、宝贵的机上补觉时间白白流失。假寐三五次，闭目养神几个来回，就算是对身体和精神可怜的一点安慰。

入乡随俗，这里一天的下半场才刚刚开始，况且在"司导"的意识里，我们可是在飞机上长长地睡了一觉，精神百倍地要进入观光状态了。

钱导建议先进市区转转，第二天是周日，芬兰人民经商的习惯休息日是不做生意的，所以，在"芬兰颂"的音乐声中，我们先深入赫尔辛基的中心地带，感受芬兰首都的一个概貌。

太阳、雨，阶段性反复交错出场，室外气温十三摄氏度，海边已是初冬的感觉了，在衬衣上套了件薄羽绒服，算是跟上季节速变的节奏。

除了时差还习惯在北京时间，大脑程序也反应迟钝地还没有跟上节奏。所以，这个半日游，只有西贝柳斯公园中那由六百根钢管组成类似管风琴的抽象塑像以及作曲家西贝柳斯的半身雕像印象深刻，其他的景地也就拍了几张照片凑数。

第二天，赫尔辛基的早晨，阳光通透地洒在公路上，洒向公路两旁的森林里。钱导笑称，我们就是太阳女神，因为这里的天气不是下雨、下雪，就是在酝酿下雨、下雪的云遮雾罩中。

在钱导的行程安排下，我们乘着豪华大奔一路追着冰淇淋般的白云向着美丽迷人的波尔沃老城驶去。

波尔沃老城，坐落在赫尔辛基波尔沃河河口，这座修建于13世纪的小城，是芬兰目前唯一保存下来的中世纪城区建设，被人称为"木制建筑博物馆"，也是所有来到芬兰旅行的游客必访之地。

漫步在小城那迷人的街道上，虽然建筑的外表按照法律规定每隔多少年就会被保护性地粉饰装扮，但我们依然能够目睹并感受到它的历史风华。波尔沃岸边美丽的红色木屋是这里地标性建筑，而整座老城就犹如一个大的博物馆，保留着传统的面貌，就连那些鹅卵石铺砌的街道也还是旧时的模样。

几个世纪以来，这里一直是许多芬兰艺术家的家园和灵感的来源地。同行的美女竟然淘到了富兰茨纽贝格作于1940年的波尔沃教堂素描画。半个多世纪过去，教堂与我们今天看到的模样几无变化。

当我踏在八百年前的碎石道上，眼前这些经过漫长岁月的建筑成为这个城市深处唯一的符号，这符号穿越了时空，包容了爱恨，超越了生死，把曾经的灿烂文明流传给后世。伫立于那座建于1346年至今已斑驳陆离几处补丁的教堂前，我仿佛站在历史长河的门口，我张望着门里门外，想象着这里发生的故事该能编出多少集连续剧来，突然觉悟，一个新世界的诞生，未必就一定要打破一个旧世界吧。

波尔沃——一个幽静美幻的北欧古镇，只可惜时间不容我与你更多地深入接触，只能浅浅道来。

瓦萨号的前世今生

  对瑞典的认知，除了诺贝尔奖的诞生及颁发地之外，就是"瓦萨号"的故事了，所以到达瑞典首都斯德哥尔摩，我朝圣般最想看的就是"瓦萨沉船博物馆"。

  自由行的优越感在这一天名副其实，时间不受限制，同行的队友也可根据兴趣，或驻足博物馆，或在外面的草坪上看风景。对有历史感且富有传奇色彩的东西我有着天然的亲近情绪，当踏入博物馆，在昏暗的光线下，迎面撞上庞大的船尾那一刻，心脏就被震慑了。许是旅游淡季的因素，博物馆里没有多少游客，静谧而昏暗的光线平添出更多的神秘色彩。

  一艘巨型的木质古战船满满当当地立于一座七层楼高的建筑当中，简直让人叹为观止！博物馆的展览围绕着船体四周展开，游客可以在各个楼层一边参观展览一边从不同角度观赏古战船。船体上的部件有百分之九十都保留了当时的原物，看到保存如此完整的整个船身，就想到从打捞到修复，以及保养的过程该是一项多么巨大而不易的工程。我一个人上上下下，从船底到船桅杆顶，从船头绕到船尾，坐电梯，走楼梯，看船身，摸炮体，浏览打捞出的瓷器、银饰、水手的鞋帽服饰，心心念念的就是想探密这座在海底沉睡了三百多年的船之传奇。

瓦萨号战船即使在今天仍然是瑞典人民的自豪，也是世界上唯一保存完好的 17 世纪船舶。

因为要收复被丹麦占居的一片领土，1623 年国王下令建造瓦萨号战船，耗时五个年头建成。就在 1628 年 8 月 10 日，斯德哥尔摩海湾风和日丽、旌旗招展，威武壮观的瓦萨号战舰在岸上人群的一片欢呼声中扬帆启航。不料刚行驶数百米，一阵微风吹来，瓦萨号战舰摇晃了几下，竟立即连人带船沉入三十多米深的海底，岸上的欢呼声还未绝于耳，瓦萨号即宣告寿终正寝。三个多世纪过去了，直到 1959 年，一位渔民发现了沉船痕迹。1961 年瑞典当局下令打捞，并建造专门的沉船博物馆，瓦萨号才重见了天日。打捞起来的瓦萨号，所有物件都是珍贵文物，尤其是船上装饰的七百多件精美雕塑原品更是无价之宝，举世赞叹。有人说，这不是一艘沉船，而是一个巨大的艺术宝库。

　　建造战舰的过程中还有一段插曲。船体起先设计只有一层炮台，当时的瑞典国王古斯塔夫二世得知瑞典的海上强敌丹麦已拥有双层炮舰，便不顾本国的技术条件，下令把炮舰改造为双层，在国王的长官意志下瓦萨号加筑两层炮台。

　　原以为瓦萨号沉船是造船者为了迎合国王意愿完全忽视了材料力学与结构力学的科学计算与工程架构，是一次权力至上的恶果，或者说是一次典型的外行领导内行的千古奇案。到现场看了剖面图才还原了事故的真像。原来是船工们无红酒就会度日如年的生活追求造成了沉船事件，他们擅自做主将底舱第二层的石头换成了装满红酒的橡木桶，除了重量不够，液体因波浪起伏而无形晃荡引起共振的因素也是造成事故的重要原因。所以，瓦萨号沉船，才真正是世界上浪漫至极、娱乐至死的典型案例。

　　之所以经过了三百多年阴暗的海底岁月，这艘全木质战舰不腐不朽，真容基本得以近乎完美地保存，其功劳主要归结于全部材料都为防腐性极强的橡木所造。脆弱的瓦萨号打捞起来之后就临海停靠在岸边，博物馆就在海边依瓦萨号船的形状设计建造。经过了十几年必要的修复，一艘长 60.97 米、宽 11.68 米、主桅杆高 52 米的瓦萨号几乎完全恢复到了当年出航时的状态。令人瞠目结舌的不仅仅是具有六层楼高的船体，更是遍布整个船身精心雕刻的七百多件艺术品，这些涂色或镶金的雕塑品，简直可以与瑞典皇家宫殿里的雕塑媲美。船体上下四周的每一处都布有不同的雕塑作品，甚至每一个小小的窗户上都有雕塑装饰。威武的戴盔披甲骑士栩栩如生，婀娜多姿的美人鱼翘首相望，神话里的各种人物活灵活现，还有形形色色的纹章与基督教"圣经"里象征美好与纯洁的裸女……身处其间，禁不住被这些于威严富丽之中瑰丽多彩、金碧辉煌的艺术品折服。而目前博物馆内精确控制的温度、湿度、光照亮度都是为了能让瓦萨号尽可能长久地留存于世而精心且科学设计的。

我伫立在这艘五百年前的实物之前，突发其想，忽然觉得瑞典人在建造这艘巨大的战舰时，不是为了用于征战和凯旋，而似乎更倾心于一种永世流芳的辉煌的艺术品创作。一艘战舰，建造时长用了五年，不知实用功能耗时几许，而将更多的时间用于美轮美奂的华丽装饰上，不像是去出海征战，倒像是要去出海巡游向他国招摇本国的艺术创造和工匠精神。我想，若从这个意义上讲，瓦萨号沉没就是天意，是为了让这艘显赫一时的战舰永世流芳。这艘沉船的概念上失败的战舰，在今天从艺术上却体现出了深远的历史意义。那些出征的战士才更为有趣，不是赴一场硝烟弥漫的战火，倒像是免费搭乘了一艘豪华邮轮出海观光，载歌载舞，纸醉金迷地去寻乐。

缅怀一艘盛大的战船，不只因其规模，更因其可敬的一丝不苟的工艺和浪漫的艺术精神。看看遍布船体和门窗的那些关于神明、君主和瓦萨王朝徽章的繁丽雕刻，以及船尾的那只金色雄狮浮雕，不得不承认，这不只是一艘沉船，这也是曾经沉没的一个王朝的气象。只是，这一次不再是王国远征的利器，而是成为缅怀历史的载体。岁月之手轻挥间，留给瓦萨号的又何止是沧海桑田的易换，再过五百年，愿瓦萨号依旧精美如今天的模样，并保存完整供后人观瞻。

挪威风情

　　走进挪威，验证了"最美的风景在路上"这句至理名言。

　　整整半天时间，我们驱车穿行在森林环伺、草场秀美的路上，像用儿童积木搭建出的红色房子散落在绿色地毯上时隐时现，迷人至极。就在这童话般景色和高纬度纯净空气伴随下，我们从波罗的海的瑞典到达了北大西洋的挪威首都奥斯陆。

　　进入奥斯陆，夕阳正红。为了不辜负夕阳的色彩，我们顾不上小憩片刻便迫不及待奔向市政广场。

　　类似古城堡的市政厅是诺贝尔和平奖的颁发地，坐落在海港码头的正前方。夕阳为红色的墙面打上了一层金色的粉底，令雄浑与旖旎并存的红砖建筑在其独特的贵族气质中彰显出柔情的温度。

　　夕阳的余晖更是将海港码头演变成了水彩的画板。静泊在岸边的渔船披上了一层金光，与碧海蓝天辉映而成一幅幅明信片似的海天画卷。醉于其中，夫复何求！

风景如画，美人们摆出各种造型将自己嵌入画中。恋恋不舍，又不得不舍，再完美的盛宴也有散去的时候，夕阳最终落在了海的尽头……

挪威是一个高度发达的资本主义国家，北约成员国之一，经济是市场自由化和政府宏观调控成功结合的范例。挪威也是创建现代福利国家的先驱之一。

旅行的意义，在于风土人情与自然风光相结合的触摸和体验，但是异国他乡的人文，岂能如盲人摸象般说三道四，在走进挪威的短短几日，充其量也只能做到亲历自然景色的一个浮表。如此，诸君且随我来，看我用流水账般的文字将你带入挪威这个季节的风光片中。

奥斯陆的雨，真如婴儿的眼泪，说来就来，说去就去。第二天上午就在这似有似无的雨中漫步在维格兰雕塑公园内。

这个占地八十公顷的艺术天地，将维格兰通过十四年创作的七百多件作品分布其间。所有雕像的男女老少栩栩如生，喜怒哀乐淋漓尽致，表现了从出生到死亡各个时期的人生百态。当我沿着中轴线逐一瞻仰过去，一种生命的力量在震撼中受到启迪，而生命的轮回又会使人无形中生出敬畏天地万物之感。难怪清华大学美术学院的一位教授当站在"天堂之柱"底下时，感动得泪流满面。

除了对古斯塔夫·维格兰这位雕塑艺术大师作品的顶礼膜拜之外，我更是敬仰于这个民族对精神艺术至高无上的追求。这个山地之国的平原资源稀缺到"弹丸之地"皆须珍惜的地步，可是当国王听到古斯塔夫·维格兰要建一座雕塑公园的请求时，竟然大手笔地划出八十公顷平原来建造一个艺术殿堂，难怪维格兰公园被称为世界的雕塑之城。这是生命的赞歌，更是一个民族崇尚艺术的向征。

中午往乌塔小镇行进，一路中雨，驱车穿行在丘陵地带绵延起伏的草场边和山地与峡谷所构成的挪威的森林中。

中途经过利勒哈默尔小镇，作了短暂停留，在雨中穿越时空进入到了 16、17 世纪的挪威居民原住地。

利勒哈默尔小镇有一个著名的景点——麦豪根露天博物馆。麦豪根露天博物馆为挪威最大的露天博物馆，讲述挪威近五百年来原住居民的工作和生活方式。馆内可以看到豪华的农场别墅、茅草屋、木板教堂、牧师宿舍、殖民者的避暑胜地和小巧的垂钓小屋。这里拥有一百八十座古朴的历史民居，富于特色的村舍建筑和教堂都是木质建筑。应该是高冷干燥的气候关系吧，这些松木建筑被完好地保存到了今天。我们所看到和能够进入其中的都是原版，绝无赝品。

　　"美得令人窒息"这句话，想必是由挪威的风景而诞生。挪威此刻的冬季，其实正是深秋时节的装扮——红、黄、蓝、绿，层林尽染。

　　大片大片的草场已被收割，黄色与绿色的草场紧密相连，却又界限分明地躺在土地上。绿色的草坪亦如颜色鲜亮的丝织地毯，而黄色的草场又如夏收后的小麦根茬裸露在大地上，一片金黄。真是奇妙，它们完全好似生活在两个不同的时节里，或者不属于同一片天空。

　　而挪威的森林，成片的针叶松并不是唯一的主角，一闪而过的还有挺拔的阔叶林，秋的调色板色彩丰富，变幻着森林的衣裳，让人目不暇接。

　　沿湖两岸、绿草林边，一栋栋玲珑可爱的彩色房子或独幢或三五成群地点缀在半山坡上，时隐时现。湖光山色，交相辉映，曾经远在天边的仙境不再是传说，如今触目可见。坐在副驾驶位置上的我，常常要手压住心脏，唯恐一不小心的惊叹，让它激动地跳出心房。

　　所有所有的山水长卷，只能尽收眼底，且不说北欧的交规明令禁止：高速公路上绝不允许随意停车。即使国道上的路边也不能任性停靠，一不小心就会闯入私人领地。只有在写着大大的 P

字并划着停车线位的地方稍作停留。但当举起相机时你才发现，无论是长焦、广角、变焦，还是远景、近景、全景，都呈现不出视觉中自然纯粹完美的影像。而在路上与童话世界同框的感受，也使所有的语言都显得苍白。

下午六点，我们还是在细雨中抵达乌塔小镇。

第二天清晨醒来，雨停了。朝阳的光芒洒在远处的山坡上、小路上、屋顶上，柔和出静谧的时光。我一个人漫步在小镇的街道上，盈一抹恬淡，拥一怀秋色，赏一幅北欧的简约图画。

克里斯蒂安松小镇是挪威旅行中必须打卡的风光之地，在前往克里斯蒂安松小镇的途中，一路欣赏到风景这边独好的挪威风光，并体验了独具特色的挪威天气。

克里斯蒂安松位于挪威西海岸。海岸线细碎，由几十座岛屿组成，它坐落在著名的大西洋海滨公路东端，是挪威著名的渔业中心。

车在山路上盘旋而行，各种不同地貌、不同风光对视觉的冲击力直接爆棚。蜿蜒的河流，冰封的雪山，黄绿错综的森林，翠如碧玉地毯般的草场与闲庭信步的牛羊；山坡上、森林间、海岸边偶尔矗立起彩色欧式的小木屋群，驱车途中一次次飞驰而过的风景。一个拐弯便是一处风景，一次眨眼，就是一个遇见。前一分钟我郑重宣布已经审美疲劳了，需要小憩几秒，后一分钟崭新就的景致就扑面来袭，惊诧得困意尽逝，大自然的鬼斧神工把路上的心情打磨得如弹琴复长啸。最是雨后挂在天空上三连环的七色彩虹让所有美人们的神经瞬间短路，时光在这一刻静止了几秒。

挪威的天气真是恋爱中女人的脸，还是一个有点任性、有点神经质的女人，一会儿喜笑颜开，一会儿阴云密布，一会儿滴几滴撒娇的眼泪，又一会儿狂风骤雨，再一会儿飞雪弥漫。爱时，风和日丽；恼时，冰雹侍候……只是半天的工夫，几种极端天气便自由交错刷新着不同的季节。

下午六点进入克里斯蒂安松小镇，住临海酒店，推窗即海。

小镇的早晨，雨一直淅淅沥沥地飘着。

我独自在海边漫步，巨大的海风似乎要把人掀进海里。一只海鸥孤独地在海面上盘旋，我突然就被感染出了一点凄风冷雨的忧郁，还是回到温暖的餐厅里，端一杯热咖啡望海慢饮，成就一次孤单中的淡定与从容。

不经历风雨，怎么见世面。

早餐后，从克里斯蒂安松出发前往盖朗厄尔峡湾，途经大西洋之路。大西洋之路，又名64号公路，全段八公里。这条令人印象深刻的公路通过八座桥巧妙地将不同的岛屿连接起来，被誉为"挪威的世纪性建筑"。

大西洋之路以后，穿林海，翻雪山，过草地，渡海洋。风雨兼程，风景相随。经过了传说中十五公里的老鹰之路，又驶过著名的"U"字形山妖公路，只为赴一场与盖朗厄尔峡湾的约会。

云遮雾罩，能见度不好，作为世界文化遗产的盖朗厄尔被一场提前到来的大雪封闭了可以一览周围雪山壮观景象以及盖朗厄尔峡湾小镇全景的达尔斯尼拔观景台。其实并无太大的失望，沿途的美景已足够我们消费了。

说真心话，不到挪威，不知道上帝的宠儿原来就藏在这片土地上，而不游历峡湾，就无法感受到这个神奇国度最动人心魄的魅力。

连绵不断的山谷，悬挂于深涧中的巨大瀑布与白雪皑皑的山川都在同一个画框里呈现。峡湾地势雄伟高峻、陡壁飞瀑，雪峰与冰川相依，森林与牧场相伴，这景象带给人的不仅仅是视觉的冲击，更是心灵的震撼。

故国的一条飞流便惹出李大诗人千古绝句，在这个被誉为"万瀑之国"的森林中、山谷间、崖壁上，甚至是丘陵地带的草地上，无需遥看，一目了然的数条银练就随时随处挂在前川。

峡湾的形成要追溯到冰川时期。由于冰川的侵蚀作用，在陡峭的山谷和崖壁之间形成了很多"U"和"V"字形的山谷，海水流入这些海湾之后，就形成了人们现在所见到的巨幅油画般的美景。

车行一路，船行一程，童话在书里，我在童话里。

这一天里，我常常会感觉窒息，常常下意识地得用双手按捺住被惊呆了的心脏，免得一不留神它会激动地蹦了出来。

傍晚时分，坐在车里乘摆渡船过海，我们来到了巴勒斯特朗画家村。

我想象中的天堂，毫无疑问就是巴勒斯特朗画家村的模样。

太难得的好天气，晨曦中海光山色，雪山金顶，迷人的秋色，斑斓在童话世界里。小镇宁静得能听到花开的声音，置身其中，无欲无求。

巴勒斯特朗画家村，是北欧之行我们住过最美的小镇，坐落于考潘格尔小岛上，只有轮渡一种方式才能到达。

巴勒斯特朗画家村，这个风景如画的小村庄，有其独特的文化历史，著名艺术家爱德华·蒙克、剧作家易卜生等就诞生在这里。

海面上梦幻般的光影变化，别具一格的建筑风格，远处洒上金光的雪山山顶与彩色房子遥相辉映，所有的一切都完美得不可思议。

大自然的美丽风光使得无数画家为之着迷，艺术家的灵感由此而蓬勃生发，无艺术作品诞生才真是辜负了这片艺术的土地。

流连忘返，一拖再拖，我们直到中午十一点才出发赶往下一个目的地。美女们相约，一定要再来巴勒斯特朗画家村，单纯地住上一段时间。

沿着 13 号公路穿越米尔克河谷，向卑尔根驶去。一路上风景奇变，突然切换到了高原模式，布满苔原的群山连绵起伏，荒茫苍凉，高纬度的雪山、河谷，又勾勒出别样的风情……

下午到达卑尔根，游览了市区的布吕根老城区。此处的建筑群已经被列入联合国教科文组织世界遗产名录，作为古老码头建筑的遗存，它们是挪威国内最著名的中世纪时期城市居民区遗址。

卑尔根是挪威的前首都，也是挪威第二大城市，同时还是挪威西海岸最大最美的港都；盛产鳕鱼，全年温度十摄氏度左右。只是这座城市多灾多难，现在所看到的已是重建了三次的模样。

要离开挪威了，我们一行人将从这里飞往冰岛。恋恋不舍于童话般的美景，遗憾于脚步太过匆匆。古人尚可走马观花，而当今的我们却好像飞车奔驰是唯一的选择。

挪威之旅，最是成全了"最美的风景在路上"这句至理名言。很多次，我都以为是到了风光片的最深处，可峰回路转，更美的风景总在下一个转弯处。转了多少个弯？又停留过多少次？我已无暇顾及，只将大自然的纯美尽收眼底，然后陈酿在心里，慢慢发酵……

我们能记住的日子，才是有生命感的。

一次远行，风景与风情在我的生命中铭刻出诗与歌的痕迹。

冰岛早安

经过两小时二十分钟飞行，从挪威的卑尔根到达了冰岛首都雷克雅未克，这里与国内时差超前了八个小时。

"司导"从机场接到我们后第一时间就直接把我们送去了世界著名的蓝湖温泉。这个蓝湖温泉是因"废"制宜而得。冰岛的发电用抽取地下水和蒸汽来完成，发电之后排出的热水，因为盐分太高，会腐蚀给水管道，不能直接作为城市热水来源，然而这又是真正的地下矿泉热水，于是就在发电厂出水口周边挖了个大池子，如此成就了冰岛最有名的温泉景点 Blue Lagoon。

有介绍说，Blue Lagoon 这个名字，是借自当年波姬小丝一部很有名的电影。而我觉得，之所以取名蓝湖，完全是物象的因素，就是名副其实水的颜色。这个温泉水的色彩实在是太罕见了，是那种淡淡的半透明乳蓝色，就像把蓝天大海攫取来，再奢侈地兑上一半比例的鲜牛奶，然后煮了一锅冒着热气的浓汤。只是这蓝色浓汤是咸的，虽然没有海水那么苦涩，盐度也比海水稍微低一些，倘若不小心溅到了眼睛里，还是会"蜇"得很久睁不开眼睛，想必是矿物质在作怪吧。

温泉湖的中心岛，还备有大桶纯白细腻的硅盐泥，取来敷在脸上做个白色面膜，就看到泡在蓝湖里戴着白色面具、着五颜六色泳装的女人，个个都变成了蓝色妖姬。

进入冰岛的初步印象仿佛老朋友见面握手，车行过公路两边的戈壁滩，犹如置身在吾国的大新疆；而入得城来，又好像是来到哪个三线城市出趟公差，全是熟悉的模式。只是一幢幢独立的别墅群就建在城市马路两侧，就似来到了高大上的富人区，好吧，先选一幢住下，明天再来认识冰岛。

百度词条介绍：冰岛，为欧洲第二大岛，近北极圈，介于大西洋和北冰洋的格陵兰海之间。因其为世界上最大的活火山之岛，故而又被称为"冒烟的港湾"。冰岛八分之一的面积被冰川覆盖，由于冰川和火山大范围的并存，因此被称为"冰与火之国"。

冰岛处于温带与寒带的交接线上，其北部属寒带苔原气候，南部属温带海洋性气候。暖流与寒潮在岛上轮换着你未唱罢我即登场的局面，造成了冰岛一天里会有四季变换的极端天气。

第二天的行程，倒是没遇上一天里的四季变幻，却一天里加了四回行头，就这，还是把人"冻成狗"咧。在刺骨的寒风中完成了由黄金瀑布、间歇喷泉及国家公园组成的冰岛著名黄金圈之旅。

位于惠特河河上的美丽瀑布是冰岛最受欢迎的瀑布之一。冰雪融化的洪流，从高山直插下来，奔腾咆哮，经年不绝。"司导"叶先生介绍，阳光下会出现几道彩虹横跨巨瀑，色彩斑斓，美不胜收。

我惊奇于盖歇尔间歇泉的井喷，每隔数分钟就将冲天的水柱一次次从地表喷出至二十至四十米的高空，如同大自然灼热的呼吸，飘飘欲仙。

当我脚踩在唯一呈现在地表上北美板块与欧亚板块的断层裂缝处时，对大自然的敬畏之心只能用虔诚的流泪表达。

沿途是一马平川，广袤无际，泛着金黄色的天然草原，在狂风中让人产生置身于麦浪滚滚的丰收季节的错觉，时不时就会看到独具特色的冰岛马和体态肥胖成圆球的羊群，在草原上自由自在幸福生活的景象。

晚上入住海德拉公寓，这座草原深处的独幢白色别墅，卫星定位上缺乏准确的标记，令叶先生开着手机导航在方圆几公里来来回回兜了几个圈子才算成功寻到。别墅门口自取了钥匙，进入屋内，温暖如春。天色已晚，细雨霏霏，暂且搁下周边的景色不去探究，烤披萨、做西红柿鸡蛋面，让物质食粮充当了夜的主角。

一夜狂风呼啸，清晨云开日出。屋前屋后看太阳从草原的天边喷薄而出，朝霞唤醒了沉睡一夜的草原。

早安，冰岛！早安，草原！早安，冰岛马！

冰与火的变奏曲

北欧行第十三天，计划中的行程目的地是冰岛的瓦特纳冰川。

早餐之后，离开海德拉，沿着北大西洋南部海岸线向东行进。

一路地貌风光的突变，才算是让我真正领悟了冰岛这个国度的神秘莫测。正如冰岛国歌《千年颂》中的歌词："……对于你一天就是一千年，一千年就是一天。"这一天里从风吹草低见牛羊的悠然景致，切换到惊涛拍岸、海天一色的黑沙滩；从会跳舞的彩虹塞里雅兰瀑布，跳跃到艾雅法拉火山的脚下；从全世界独一无二火山熔岩的苔原地貌驶过，看着夕阳把冰川染成蓝粉色。冰岛那原始的灵气在向我们证明，这是世界上最后一片净土。

当波澜壮阔的埃尔德火山熔岩苔原地貌出现在我的视线里时，刹那间仿佛穿过时光隧道来到了某一个外星球上。这些绵延起伏的火山熔岩和一望无际的苔原景观，让我仿佛走到了世界的尽头，犹如闯进远古星球的魔幻异境。因为冰岛所处的经纬度非常特别，又或许是因为特殊气候条件使然，这片土地上不利于树木生长。而这里冬长夏短，气候极寒，土壤冻结湿润，便滋生出大片苔藓形成了天然苔原带。"司导"叶先生告诉我们，这里的苔藓品种丰富且独特，有些可以长到二十厘米左右。他尤其强调，这些苔藓生长速度格外缓慢，我们眼前的苔原地貌是美丽的，也是脆弱的，它们花了上千年才勉强撑起现在的规模，如果受损可能需要几十年甚至上百年去恢复原貌。所以，我们一定要格外注意脚下，不要踩踏伤害到它们。

这些苔藓是冰岛生态的一部分，它们覆盖和包裹住冷却了的岩浆石和火山灰。它们还会随着季节变换色彩，墨绿色、灰白色、棕色、红色，但除了深冬时会以灰白色为主色调，其他时候都能神奇地汇成整体的绿色，远看好似一块深浅不一的绿色绒布随着海面的波浪高低起伏。这种浩瀚的绿色成为了冰岛最有生命延展力的希望和活性，当驾着汽车从旁边经过，车窗外绵延起伏伸向天边的绿浪会给人带来非常强烈的视觉震撼，更是冰岛人民为这片土地上火山残存的余韵讴歌的标本。

夕阳西斜的光影下，看着被青苔覆盖包裹如雕塑般的火山熔岩，我仿佛进入到一场灾难大片，或战争片中堆积起来的人体雕塑场景。他们全部以匍匐、仰躺、侧卧的造型形象逼真地呈现在我的眼前，甚至男人肌肉形体起伏、凹凸有致的力量感都具象在我的视野中。那种立体感、真实感，让我惊诧成群雕里一块发呆的火山熔岩。这令人窒息的苍莽气息和绿得沧桑的苔原，以及蓝得荒凉的天空色彩，空旷而寂寥，让人恍惚不知身在何处。感动于这种凛然的苍劲和古老，那一个时段，我不发一语，泪流满面地将自己与这尽成废墟的过往定格成永恒。

临近傍晚，我们来到了瓦特纳冰川脚下的史卡法特小镇。住在这里，只为了第二天方便快捷地实施徒步冰川项目。

预定了早晨九点半钟的席位。到了服务中心，却因各种原因，六人团队中有百分之五十选择了放弃，另外的百分之五十自然被赋予勇士的称号，代表整个团队荣誉出征。

中国有句很励志的俗语："不到长城非好汉！"来到冰岛，若不亲身体验徒步冰川亦是"非好汉"了。

瓦特纳冰川在冰岛的东南部，面积达八千三百平方公里，是冰岛的第一大冰川，也是欧洲最大的冰川，还是世界排名第三的冰川，平均深度五百米，最深冰层厚度一千米。在它周围，发育了很多冰川分支，又被称为冰舌。

当我套上冰爪鞋，手持冰杖和专用冰镐，在专业向导的带领下，徒步行走在万年的蓝色冰川上时，我似乎有一种登陆月球的

神秘感和飘飘然。立足于冰川顶上仰望天空，我感觉已经活过了
好几个世纪，只为等待与万古冰川相遇的缘分。往返三个半小时
的行程，除了徒步冰川的勇敢者之路，出乎意料的是在往冰川行
进的山谷里首先遭遇了山花烂漫的春天气息，这附加值直叫人心
花怒放到愿意生死相许。

　　而下午的杰古沙龙冰川湖与钻石沙滩景观，才是冰岛行最最
意外的一场艳遇。只有完全无预知的遇见，才是对视觉冲击力惊
艳到极限的挑战。

　　冰川湖形成于 1930 年，是一个好年轻的面孔。当全球的气
候变暖，冰川开始融化，海水倒灌，形成了一片与海洋相通的湖
泊。而冰川不断地崩裂，跌落在湖面，融化，随着海水退潮涌入
大海，又被海浪冲上沙滩。日复一日，年复一年，循环上演着冰
与海的交响，只是每天每时都谱写着崭新的乐章。

　　蓝冰是冰川湖上最动人心魄的奇观。蓝冰的形成，至少经历
上万年的时间，当雪花之间的空气被挤压到一定程度，就只对蓝
光和紫光产生反射，我们的视觉反应就是蓝色的冰。所以，见到
蓝冰就是遇上了老成精的冰灵和冰仙。

　　当大大小小、奇形怪状的冰块被退潮的海水抛上黑色的沙滩，
阳光下熠熠生辉，犹如黑色丝绒的幕布上点缀了大小不一、晶莹
剔透的钻石，高贵奢华到让人久久不忍离去。"钻石沙滩"之名

亦是由此而得。黑沙滩有之，冰川也从未缺席。然而，当不断消融的冰川，以它瞬间崩落的自然姿态被海浪抛向黑色的沙滩上，那种没有丝毫雕琢拼凑之感黑与白的天然堆积与自然组合出的景观，冰岛的钻石沙滩也许就是这个世界上的唯一。这种厚与薄、深与浅、明与暗的和谐相容，恰是最洁净、纯粹的黑与白的世界！

乘着水陆两用的游艇，在冰川湖上近距离检阅蓝冰的阵容。湖面上漂浮着形状各异的自然态蓝冰，一座山，一头大鲸，一只和平鸽，一对相拥相依的恋人……我们的船只被大大小小具象、意象的冰块包围着，是仙境，还是人间？真的有种不太真实的幻觉。海鸥绕着船的桅杆自由飞翔；大雁成行，一会儿成一字形，一会儿成人字形，在海与冰的画卷上素描出天空的远景；海豹时而露出头部，时而浮出背部，优雅地在冰湖中嬉戏……

我是醉了，陶醉在这世界尽头大写意的山水长卷中。

如此惊艳的蓝色冰川湖，每一分每一秒都会呈现出不一样的景致。可是，随着全球气候的变暖，冰川不断地消融，冰湖的面积随之不断地扩大，而冰川湖与大西洋只有1.5公里的距离，在不远的时间里，蓝色冰湖终将会与大海相连永远消失。一想到这里，我的心瞬间沉到了冰川湖底，痛彻的冰凉。我只有双手合十默默祈祷，让我们共同拥有的星球多停留一些时间，让这蓝色精灵消融的脚步慢些，再慢些……

清迈之美

一

时近傍晚走进清迈，刚刚触摸到这座小城的一角，立即就被它的静气感染到了，却原来，千里跋涉，就只为这一个心思。

一段时间机械般忙碌的城市生活，除了情绪，还有身体各器官，稍不留神就会被浮躁的浪潮裹挟得凌乱了节奏与步伐，不知所终。每当这种时候，心底深处就不由自主地寻找一万条理由设法逃离。

生活真的需要来一次整理，清空内存，让心灵重新清亮起来。

我必须试着以自己的方式守住自身。一段旅程、一行诗句、一个影像、一缕情丝，甚至一点点禅意……我渴望它们能变作我继续行路时候的安慰和依托，然后进入其中，萃取最珍贵美好的东西，抵达自我。

走在清迈小城的街上，佛缘，随处遇上。金光映日，富丽堂皇，浑厚华滋，质朴素雅。却不见，车水马龙，高香灯烛，烟雾升腾，跪拜叩首……倒是看见，一杯香茶，一支鲜花，席地禅叙。

禁不住猜测，佛与泰人，是家人，是亲戚，无需大礼，爱在心中。另有思索，佛家却原来也有贵族与土豪之分。

清迈之行似有所悟：所谓修行，就是穿过生命中所有的琐碎，最终守住灵魂深处那一份恬静。

二

又见清迈，一如第一次相遇时钟情。

新年启始，"春言心语"结伴自由游走于故事小城。倚栏凭窗，随处是景，信手"拍"来，心情便可以怒放。当时当下，完全是一种纯粹的清静，清静到让你不敢大声呼吸喘息。

总在这时，欣然庆幸，眼可远眺，肺可呼吸。你好，美丽的故事小城——清迈。

原来生活可以这么美好，清迈的幸福从早餐开始。阳光在眼睛里暧昧，转过身又温柔在花影里，好吧，只在茶和咖啡里发呆就是。

以清净心看世界，用欢喜心过生活。我持手机，你掌长镜头，用两个小时走不出千米的缓慢节奏穿行于一个远方的大街小巷，只为记录下这座小城的味道。

真是喜欢这座小城的温情与宁静，时间和方向都随遇而安。席地礼佛，安祥自在，遇见欢喜，然后安于平凡。可以有大把的闲情，将一盏茶，喝到无味；将一首歌，听到无韵；将一本书，读到无字；将一座城，爱到无心。

来到清迈，就是来到了一个无界的大花园，终于明白了，千万里追寻的正是这一园花香。清迈的花虽说品种繁多，但主打凌霄花和各色三角梅，随处可遇。望着那随处张扬如瀑布般倾泻的金黄色绚烂的凌霄花，我突发遐想，如果有来生，我只想做一棵盛开的凌霄花，沿着一棵树的伟岸身姿攀援上升，借大树的高枝炫耀自己。或者向下低垂自己，温暖如被，覆盖篱笆、墙和影子。眩目时，就惊艳白云蓝天；落花处，亦搅碎一地温柔。

看到一株有一丈高盛放着如碗口大小黄色花朵的大树，树下散落着朵朵鲜花，"识花君"搜索了一通也未识得花名。感叹于一树繁花的自在，独生独死，独去独来，苦乐自当，无有代者。又感叹于繁华时为何自落，怜惜那青春的模样就将入泥，拾起了两朵插于发鬓，请春妹妹拍个近景，以作为永久的怀念。

清迈拜县，二度幸临。重逢如初见，都是郑重和殊遇。一路走来，一路沉醉。

不习惯早起，永远错过日出的时刻。在清迈拜县，经历了我人生中第一次静观日出的全程。乡村在群鸡鸣唱中渐渐醒来，东方的红霞温柔的透出亮光，当彩霞满天时，太阳升起来了……现场吟诗为证：

> 东方欲晓，
>
> 群鸡鸣山坳。
>
> 山峦轻轻撩面纱，
>
> 静待朝阳笑。
>
> 启明星渐消，
>
> 彩霞满天飘。
>
> 待到大地灿烂时，
>
> 乡村景色俏。

我们的才女贾妍用"日出帖"更是做了详细的记录：天尚黑，便至山顶。远方沉静，启明星独亮。稍刻，闻鸡鸣，闻犬吠，天亦发白。继而，有霞光透出，云却厚重，遮着日头。山下人家似炊烟升起，连着山岚缭绕。未几，那日头亦跳脱出来，衬出云彩，天清亮湛蓝，心亦安静，有狗蜷伏脚下，一切恰如其名，泰国云来。

停留是刹那，转身是天涯。拜县的记忆，有鸡鸣，有犬吠。有花开，有叶落；有辽阔的土地绵绵散去，有地平线尽头一棵树的摇曳；应该还有树木拔节的声音，还有风中窃窃的私语，深刻在骨子里的是暗夜里仰躺在巨佛脚下伸手即可触摸到那片灿烂的银河系星空和莫名感动得满脸泪水……

清迈的早晨，各自为政，随走随拍。让清新的空气甜美心思，让镜头记录自然纯粹。风景和故事，俯拾皆是。

无所谓攻略，相遇皆是缘。偶遇清迈大学艺术中心，将慢生活升华至了新的高度。在阳光斑驳的树影下，或持一瓶白水，或用一听可乐，或拿一罐凉茶，或捧一杯卡布奇诺，于无声处集体将发呆进行到底。

呆着呆着就睡着了。梦里，飞机从头顶上轰鸣掠过，鸟儿在树梢上自由欢唱……睁开眼睛自在安详便装进了行囊。

其实，清迈的好是无以言表的，只有身临其中，方知小城故事。

林徽因曾说过："有人说，爱上一座城，是因为城中住着某个喜欢的人。其实不然，爱上一座城，也许是为城里的一道生动风景，为一段青梅往事，为一座熟悉老宅。或许，仅仅为的只是这座城。就像爱上一个人，有时候不需要任何理由，没有前因，无关风月，只是爱了。"

就像现在，我爱小城清迈，没有理由，只是爱了。

记桂河大桥

　　在恬美的沙美岛，吹过海风，游过海泳之后，我们团队一行人匆匆赶赴计划中的另一个景点——桂河大桥。

　　抵达桂河大桥已是当地午后四点了，散散落落的斜阳余辉轻吻着桥下的鲜花和野草，那条被称为"死亡铁路"的钢轨寂静延伸消失在丛林的尽头……

　　"桂河大桥"因其斩获了奥斯卡七项大奖的同名"二战"题材经典电影而声名大震。探访曾经，也该是旅行之意义的其一。所以，泰国之行的重要一程，就是一定要拜访这座名桥，那怕仅仅只为一部电影。

　　此桥已非曾经的彼桥。据介绍，桂河大桥原来是木桥，几经飞机轰炸，早已毁坏，我们现在看到的是战后修建的铁桥，只有安放在桥头美军投下未引爆的炸弹提示着我们当年那场惨烈的战争历史。

眼前的桂河大桥不如电影中的险峻、高大。然而，我走上黑漆漆的桥栏，思绪即刻穿越了时空，那段历史被还原在眼前，似乎战争的硝烟才刚刚逝去……

我独自在"二战"博物馆逗留了很长时间。泰国旅游的攻略里，"桂河大桥"本来就是冷门，留在博物馆里的游客就更少了，这里异常的安静，安静得我怕弄丢了自己。可我总是觉得所有陈列的实物是有语言的，它们都在以个人的视觉和自身的经历，向经过身边的瞻仰者讲述那场战争的琐碎和细节。正是这些个体碎片式的述说，才让一场战争中深深的无奈和谴责，甚至泯灭了人性的细节在一次次的情节描述中逐渐清晰起来。从这些留下来的纪念实物和复现出来的场景下走过，我的心口一阵阵被堵，感伤的情绪使人不由得变得忧郁起来。我甚至没有力气举起相机拍下这些纪实的再现，这个博物馆的场景在我的镜头里是最少的影像。

我已经毫无热情与同行的游伴在夕阳柔和的光线下取景留影了，又独自走向了不远处排列整齐的英国军人的墓园。我沿着墓园的一端走向另一端，凹凸的石子路硌着脚，我深一脚浅一脚地慢慢前行，仿佛走在那段不堪回首的历史长河中，悲伤并且沉重。

当我与同伴汇合，又一次站在桂河大桥的中央，看着夕阳下静静流淌的美丽桂河，我似乎置身于半个多世纪前的傍晚——残阳如血、硝烟弥漫，耳畔隐约响起由远而近自由、浪漫、整齐的口哨乐声……七十多年前的战事早已沉淀在桂河的柔波里，只有伫立在桥下印记斑驳的纪念碑无言地向人们诉说着这是座承载了几万人生命的桥。

离开前我摘了一朵野花敬献于碑前，以铭记那段历史。

樱花香颂

北纬二十五度，艳遇樱花。

这是日本冲绳岛独特的品种"绯寒樱"，每年在一月末的寒风中开放，其绯红的身躯在琉璃般海水的映衬下展现着独一无二的艳丽。

日本的樱花，将从冲绳岛起程，一路怒放至北纬四十五度，这嫣红的盛宴一直要持续到五月的北海道才会完满落幕。

在西安冬天飞雪的日子里，我徜徉在琉球古国的大海边尽享樱花香颂。

琉球人民很是任性，想送就送，理由都很奇葩。抵达当日就好运连连，琉球公主亲自接机，只是因为天津直飞冲绳的航班由试飞转正；晚餐赠送给所到游客精致讲究的"琉球料理"，这是硫球国人只在年节日子才吃的传统大餐。又为什么呢，据说原因是当日海风温和；更奇葩的是，晚上入住五星级酒店，只因为旅行社老板父亲当日"驾崩"，老板兄弟俩各得了一大笔遗产，一高兴，给今天来旅游的客人三星升五星了。

　　几天游览下来，所到之处我看到的皆是美好，这里的人民安宁祥和，其彬彬有礼的微小姿态和高尚素质的良好教养在生活中自始至终和谐并行。

　　冲绳之恋恋海风，本应是温润和煦、浪花悠悠，可琉球国的那片老天也有不测风云的时候。当遇到了大风降温，"美丽动人"的现实意义就成了："美丽"早已风轻云淡，"冻人"却成了这个亚热带海岛不可预知的客观事实。随手拍了当地中小学生着装，方才大彻大悟，原来一个民族"一不怕苦，二不怕冷"的精神，是要从娃娃抓起的。

　　黑潮孕育的冲绳海，在这里繁衍生息的生命数量和种类庞大到远远超乎人们的想象。在花卉、大海、绿树环绕的大自然乐园——海洋博物会纪念公园，与海洋生物群的邂逅和感动，让我长久地沉浸其中，而更让我感动的是在海豚表演看台上我座位前面台阶上几个背着双肩书包小学生下意识的行为。或许是孩子们只买了站票，也或许座位票已经售空，这些七八岁模样的孩子却为了不挡住后面座位上观众的视线，自觉、自律地赤裸着双腿跪在冰凉坚硬的水泥地面上直到表演结束。我心疼得只想拉他们坐在我的身边，可我没有动作，我用对一个民族教育背景的尊重来体现我的教养。

　　冲绳的春天借了一树樱花还魂，而我竟可以在短暂的旅行时光里，于一月的寒风中沐浴到藏在春风里的香气，馨香满怀。这不经意间一场樱花香颂的偶遇，是缘分，也是永恒。艳过方知岁月温暖，香尽便觉天地悠长。

吴哥窟纪实

　　用了四个小时的夜航逃离日常，就是想让疲惫的身心穿越季节静默于寂寂红尘之外。

　　转机柬埔寨首都金边，用半天时间乘坐游艇感受了湄公河落日余辉下的风轻云淡。

　　再次起航，抵达吴哥窟，这才是此次出行的终极目的。

　　走进吴哥窟的第一个景点是被当地人称之为小吴哥的遗址。这里是高棉吴哥王朝全盛时期所留下来的宗教建筑，全城雕刻之精美有着"雕刻出来的王朝"之称。

　　还是夕阳余晖的映照，金色吴哥铺陈出曾经的金碧辉煌，而神秘吴哥至今无解的疑题，从水面宽阔的护城河死水千年不腐，到回音壁叩心的咚咚回声，又叙述出宗教的过往烟尘。

我停在信仰的前面很久，我看着这个门口……回首望去，仙女的舞台上仿佛有王的影子。

无以言表的吴哥之美，将过往的废墟静默于天地之间。

你从远古走来，残留的一墙一柱，仍可窥见当年那睥睨天下的气质；你向未来倾诉，废都也曾经辉煌鼎盛。你用高棉的微笑，冷眼观千年的血雨腥风；你用入云的莲花，包容天下一切的爱恨情仇。

第二天的游程最先来到大吴哥（吴歌王城），攀岩拾阶只为一睹传说中高棉微笑的真容。吴哥王城，尽管经历了五百年的沉寂，微笑依旧从容，从无改变。在高棉帝国漫长兴衰历程中，柬埔寨经历过残酷的战争，却有高棉的微笑展示于后人，我想就是这样云淡风轻的精神吸引着我们去一睹它的风采吧。

离开大吴哥，我将重点的游览放在了吴哥王朝中叶时期的塔普伦庙。塔普伦庙，高棉人称其为"母亲庙"，似被历经五百年的丛林吞噬，树冠覆盖遮天，树根盘结庙门，百年老树缠绕千年奇石，仿佛爱恨纠缠般的浪漫。

《古墓丽影》于此处虚拟江湖的恩怨情仇，《花样年华》于此地暗合爱恋离别的退舍。看着爬满青苔的墙上惨淡的光影，似乎四周的沙岩石墙在向现实中的观者写意着他们曾经承受过的悲壮……

　　而塔普伦寺中的吴哥窟之树更是让人惊诧，它们犹如天外来客。都道是千年的狐可以修成仙，狐仙！而千年的树是否也能长成精，树精！这里的树，模样太过神奇，横看竖看都如人形。如此怪异的树形，我在别处从未见过，而在这里比比皆是。

　　这些似有巨人般神力肌腱的大树盘根错节在遗址上，或占据墙头，或缠绕佛塔，它们长趋直入占领了长廊，它们肆无忌惮撕裂围墙，掀开石阶，探进门窗，举起房顶……使建筑与丛林形成了你中有我、我中有你的震撼场景。

　　今天的塔普伦寺与巨形的人树依然彼此紧紧拥抱着，共同相守着世纪之迷。所有的过往，在这种亲密的姿态面前，都显得无足轻重。

　　接下来的行程进入到了吴哥瑰宝之一"女皇宫"的景点。女皇宫以艳丽的色彩和精美的浮雕被称为古代高棉雕塑最精华作品之一。整个建筑群为红色砂岩构成，是吴哥古迹中风格最独特和最精致的建筑群。因其雕刻太过精美，不像出于男性之手，被猜测是由女性修建和雕刻而成的建筑。从其建筑门头的高度来看，也就是现今一个小女人的身高，所以猜测由女人建筑而成，似乎大有可能。

　　无论是大小吴哥，还是塔普伦寺的游程，都让人有一种负重前行的压抑感。第三天旅行社安排了水上村庄"洞里萨湖"的游览，让一个团的游客才彻底释放了几天来的沉重心情。

　　洞里萨湖号称是东南亚最大的淡水湖，此湖总面积雨季达一万多平方公里，旱季也有六千多平方公里，鱼类资源丰富，不仅可源源不断地供应高棉人食用，亦可外销他国。

　　水上村庄是洞里萨湖最具特色的可观之处，整个湖面共有四个水上村庄，二千八百个家庭，二万五千名村民。水上人家于特有的船屋上捕鱼、种菜、养猪，所有陆地上的设施水上村庄应有尽有。医院、学校、百货公司、杂货店、加油站以及教堂等等都建在水上。村民们居住的水屋随着水面伸缩一年中会搬家八次左右，他们以红树林临居，以捕鱼为生。通常半夜十二点出船开捕，两点返航，凌晨四五点即可回到岸边交易。公历12月正是收获的季节，两个小时每条船最少一吨的渔量。这里的小学生半工半读，有校船接送，每天三班倒，读书两小时。

　　至于洞里萨湖的各种鱼类，要用我的亲身体验做回广告，那真是美味佳肴，怎么烹饪都好吃无比，顿顿鲜美至极。少许油，没有过多增添调味剂，让淳朴的食材回到了儿时的味道。

　　吴哥窟之行的最后一站，探秘"崩密列"，这也是此次吴哥遗迹之行心里最期待的震撼。完全不能想像，这座在原始森林里寂寞等待了千年的古迹依然是沉睡于丛林中的模样。

　　接近黄昏的时段，我们一行走进"崩密列"。此时这里已无游客的嘈杂声，只是一个远望，我就被那断裂的石柱和残缺的墙壁间弥漫着神秘的气息震摄了魂魄，好像触碰到内心最本质的生命底层，那种苍凉之美竟然有一种心痛的感觉，加之寂静与古树遮天蔽日的隐秘，美几乎变成了不忍。

越是深入，越是能感觉到这里隐藏着饱受战乱灾难之苦高棉人的悲壮，不可言传，我心里尽是金戈铁马折戟沉沙、壮志难酬悲然泪下的惨烈场面……

天色渐渐暗下来了，耳畔仿佛听到了崩裂坍塌成废墟的古寺庙幽远的钟声，它在孤独诉说着曾经……

探秘一段神奇，了解一段历史，这当是一次旅行的真正意义。

冬至日记

冬至日。

临海而居，躲几日阴霾包裹，将心情放逐碧海蓝天。

阳光下，沙滩上，任海风轻轻吹拂。仰天而眠，睡一场，醒一时，复睡一场……

节气静谧无声，时光慢得几乎怀疑人生。原来日子还可以这么过，不是在海边拍照，就是在海滩睡觉。当然，如果沙滩上正好还有一架钢琴，那就还可以尽情随兴就着海浪的和声，"弹琴复长啸"了。

总是习惯于在隆冬季节，娇宠自己一回，寻一个空气清爽、阳光温暖的地方呆上几日，让心肺奢侈地来一场深呼吸。

只要面向大海，心路便溢满花香，海风拂面亦如春风荡漾般温柔，全然忘记了季节的冷暖变迁。

　　傍晚，漫步沙滩。正是大海涨潮时分，波涛汹涌一浪高过一浪地冲向沙滩，浪花飞溅出层层涟漪，刚刚留在沙滩上的一串串足印瞬间被回流荡涤得了无痕迹。突生感慨，有许多时候，人生若海。风平浪静时，看似波澜不惊，却暗礁重重，惊涛骇浪无常，亦如留在沙滩上的足迹，无论是闲庭信步，还是刻意留痕，在浪涛拍岸的自然力量下统统归附于平静……刹那参悟，那些相忘于江湖的情绪，决计是不敢和年龄、季节叫劲的，心若浅笑安然，一切顺其自然才为正道。

　　冬至日，恰逢圣诞节。夜色温柔，在海岸酒吧的沙滩椅上凭海临风，捧一杯色彩浓艳、酸甜混合口味的果汁，就着烛光，看海浪拍岸，听涛声依旧……

　　兵荒马乱的岁末，一场说走就走的旅行，让我歪打正着地享受了几天似曾相识燕归来的慢生活。

　　久违了的慢时光像滔滔的海水，和着温暖的阳光，轻柔的海风，还有强烈的紫外线，从各个方向，把我疲惫已久内焦外躁的身体穿透，让人生最原点的意义在不经意间卷土重来。偷得浮生半日闲，我竟有些手足无措，似久别重逢的初恋情人，而这一别竟有天上一天地下十年的恍惚。

　　时光慢到每一天腕上的手表都被上帝之手往后调拨了两小

时，慢到意识中的时辰总也与现实中的光阴吻合不上，慢到大脑一片混沌，只剩下机械性地望着海面发呆，或者躺在沙滩椅上在睡与不睡之间徘徊。慢到想手写一封长长的书信，贴上邮票，寄给大海另一边的陌生人，然后翘首以待远方的回音，给生命重新注入莫名的希望，即使望眼欲穿成海边的一块礁石，也算是对人生意义的另一次刷新。慢到我想重新赋予生活新姿态一回，每天睡到自然醒，然后坚持一项不懈的早课——描眉、施粉、涂眼线，画一个藕粉色的淡妆，做一个人见人爱、花见花开的精致女人。即使只是去菜市场买块豆腐，也要盛装出行，不为悦人目，只为悦己心。从此永远告别几十年素面朝天、一管口红走天下还美名其曰"自信是粉底、从容是胭脂"的那个日复一日的自己。

　　一年中最后的几天，时间诡异地和我做了场慢生活的游戏。而我知道，有些事情根本不会被时间改变。就像经过三个半小时的夜航，我又回到了阴霾笼罩、寒风瑟瑟我的地盘一样，2019年在雪花飘飞中以它不变的步伐向我们走来了。

　　今天微信朋友圈有问：如果不知道明天和意外哪个先来，你会怎样？我不加思索敲下一行字：如果不知道明天和意外哪个先来，我愿意为了当下，活得尽兴。但我仍然会对明天抱着期许，为往后余生倾尽全力。

要住就住浅水湾

　　刚一踏上香港的土地，我就晕成了一只菜鸟，这个被众人称颂的"购物天堂"顷刻间被颠覆成了拥挤的弹丸世界。

　　整个半天时间旅游巴士都穿行在钢筋水泥林立出的"大峡谷"之中，憋屈地不敢喘一口长气，愣是把一件上品的官窑细瓷花瓶压抑成了一只盛满了烟火气的粗瓷旧碗，千转百回的困惑悲怆中发出香港之行的第一句感慨："香港的居民太痛苦了！"感慨之二是维多利亚港的秀美夜景。感慨之三，是夜幕里立于太平山顶俯瞰灯火缤纷绚烂的大香港全景，方才千呼万唤出了一个国际大都市繁荣和进步的本来面目。

　　第二天，当风尘仆仆的脚步盘旋上升到位于香港岛南部的美丽海湾——浅水湾时，我错乱的大脑神经才调整到正常的那根弦上，理性恢复，思维又开始了运转。

这是一片景色秀丽的海湾。浅水湾浪平沙细，滩床宽阔，坡度平缓，海水温暖，是香港最具代表性的美丽海湾，也是香港著名的高级住宅区之一。区内遍布豪华住宅，其中包括香港巨商李嘉诚、包玉刚的豪华私宅，还住着成龙、刘德华这样的香港大明星。这些依山傍水的建筑，构成了浅水湾独特的景区，它装满了令人艳羡的秘密，使所有靠近它的人都会生出一些奇妙的梦想，并且随着海浪的冲击将梦想不管不顾地放大。有一个去过香港的小姑娘就亲口告诉我，她就在通往浅水湾的山道上坐了好久，她以为李嘉诚的孙子会经过那里，看到她，牵起她的手……真是一个可爱的灰姑娘之梦。

冬令时节，浅水湾失去了蜂拥而至的夏日游客，沙滩上没有人山人海的哄闹场面，多了些许静谧和温柔，沙滩上白莲花色的鸽子从容散步，与沙滩上散落而居泛着红色的阔叶植物交织出一幅悠远、舒缓、高贵而又色彩明丽的油画。

只是一个瞬间，我就似曾相识般迷恋起这里，这才是我魂牵梦绕多少个岁月的理想地域。我惊诧于我天才的臆想，海滩绵长，水清沙幼，波平浪静……眼前的景致与梦境中几次三番出现的场景几乎不差分毫。沙滩周围点缀着几个酒家、快餐店和超级市场。浅水湾的林荫道上，有三两个菲佣或牵或抱着幼儿，或推着婴儿车，在阳光下悠闲地漫步，她们神态温和，举止闲散。几个黄头发、蓝眼睛的小精灵在沙滩上嬉戏，构成了浅水湾华美乐章中的几个快乐音符。我寻了一个临海的茶座，捧一杯茶，杯中是一叶一叶都直立着身子的碧绿嫩芽。隔着嫩绿我长久地凝视海面，欣赏红日西沉的寂静黄昏。我一直认为，太阳升起是一首华丽而澎湃的交响乐，而落日时刻则是一曲温婉、轻柔的弦乐四重奏。

我更喜欢这充满了神秘的落日景象。我不问它从哪里来，只关心它到哪里去，它从海平面上的消失会引起我的好奇心，会制造出我的孤独，会让我执迷不悟地逃进相思。

晚霞映红了海面，明天依然会是一个阳光灿烂的日子，我一步一回头地告别了浅水湾，心里只为自己萌生出一句感慨："要住就住浅水湾！"

乌镇记忆

　　午夜有梦，浮想联翩的梦境最后定格在了只去过一次也只住过一晚的温柔水乡——乌镇，一个风很温柔水很美的江南小镇。

　　那是一个晚春时节的日子，是一个人背了行囊的孤独之旅。

　　这是一个宁静、古朴的小镇，在地图上我找不到它的坐标。

　　进入古镇时接近黄昏时刻了。约好的导游小钱在车站已经等候良久，一见到我他就匆匆进入角色，介绍说乌镇之游分东栅、西栅和古镇三个版块，而西栅的夜景最佳。顾不上细说，他便驱车送我到了西栅景区入口。

　　所谓西栅，在水一方。

　　进入西栅，必须经水路摇橹而过。跳上油亮乌蓬船，临栏而立。黄昏时分，薄雾冥冥，天边若隐若现着羞怯的云霞，在夕阳辉映下晃晃悠悠抵达对岸时，我已经开始"想入非非"了。

　　古镇的春日，还没有经历它的晨曦和正午，但我想最美该是这黄昏时刻吧。游人渐少，没有了喧嚣浮躁，听不到嘈杂之声，夕阳从屋檐处斜斜地洒落在水面与鱼儿相映成趣，一排"美人靠"懒懒地临河而立，宁静的气息，顿时如水一般地荡漾开来……我斜挎紫色小坤包悠悠地沿着西栅大街一路晃荡，那长长的仿佛望得到过去的巷子，安静得一尘不染，连空气都显得那么纯净，平心静气深深呼吸几口，灵魂立即变得干净和纯粹了。

　　日落之时，余晖散尽，石板路上的余温，温暖着人心。我时而立于水边，时而停留在桥头，街灯开始泛出影影绰绰的光亮，角角落落各有光影，又各成风景。耳畔传来一阵此起彼伏的人声，迎面，是一群不知从何而来又将往何处去的游客，于是，我与他们擦肩而过，在听得的几声零星的絮语中我听到知道他们也在讨论着小镇，不禁莞尔……

　　当夜幕完全降临的时候，两岸灯火映照下的水乡俏色妩媚，灯影映于水中，目见迷离。乘着晚风沿河边的街道继续缓缓前行，看岁月的痕迹在眼前一点点清晰又一点点模糊；眼前突然跳出一个胖胖的曾经那么熟悉又格外亲切的老式邮筒，原来我走到了"乌镇邮局"门前。借着橘色灯光阅读简介，这个创办于光绪年间的老邮局，至今还在传递五湖四海的心愿。我突然生出一种冲动，想在这个百年的邮局里给自己寄一封信，用淡粉色的横格信纸，信上写满了心思和渴望，还会写上很多很多的祝福语，用一个洁白如雪左上角有着和平鸽图案的信封，写上自己的名字寄给自己，我想，从这里寄出的祝福一定泛着淡淡的栀子花香味道。

遗憾的是我并没有寄出这一封信，因为那天邮局关门打烊了。我只是庄严而不着痕迹地从它面前走过，就像走过一些没有记忆的过往。

接下来我被一种遥远而又充满了激情的声音紧紧揪住，那一场久违了的老电影在宽广的露天影院兀自地放着，是儿时看过多次的"打击侵略者"的电影。空旷的院子里摆着一些长条木凳，散散地坐着几个看客。一面白墙被当作银幕，老胶片机转动的吱吱声在静夜里如春竹拔节……

夜游西栅，一定要乘船走一回水路的。我和一对小情侣合租了一条敞篷小舟，一位女艄公摇橹行舟。上船坐稳，举目皆是灯影阑珊，画舫酒家聚拢一处，铺张着复古的优美；俯首凝视，一带碧水蜿蜒而去，道道波痕勾断一帘幽梦，又在粼粼碎影中极力拼凑起水月镜花。

听着河与船的耳语，不知怎么就想起"烟笼寒水月笼纱，夜泊秦淮近酒家"的勾栏瓦肆。而此刻，尽管缺少了霓虹与灯彩、欢声与笑语，却多出了几分夜色宁静，这夜晚的水声让人仿佛能随着波纹一圈一圈的荡漾开去……

陡然间，一丝惶惑萦绕心头，我生怕在水镇的氤氲中迷失了方向，将自己遗落在一个陌生的年代、一个陌生的水岸。

晃一晃脑袋赶走这种浪漫情愫，重又回到寻常市井中来，才发现该是寻一个住处的时候了。

不知不觉中，乌镇的夜更深了，小桥、流水、人家在暗夜中悄然隐去，只剩下灯影下的轮廓。

品味乌镇，除了西栅宁静而富有诗意的河面、夕阳、碧波、白帆与老邮筒之外，我更钟情的是有着青色苔痕的弄堂庭院，是晚霞中炊烟袅袅的枕水人家。

不管是为了画上一个完美的句号，还是为了了却自己的一桩夙愿，我执意要在东栅寻一处百姓人家卧一宿。也许在潜意识里，隐隐地希望在这江南最后的枕河人家，或许能遇着点什么、发生点什么、收获点什么。

乌镇的东栅是悠长的，悠长如一首没有结句的歌谣。许是镇里的年轻人向往更远大更广阔的天地，一个个去追寻外面精彩的世界，镇里只留下了老辈居民的缘故，才过十点钟，东栅寂静得能听到流水泛起的点点涟漪声了，民居斑驳的窗棂里透出气定神闲的呼吸，白日里的喧哗和嘈杂此刻都沉浸在了悠悠起伏的旋律之中。

　　我慢下平常匆匆忙忙的脚步，一任高跟鞋底敲打着青石板上那笃笃的声响随着我的心跳起落蔓延，孤独感突然袭来。那幽幽闪烁的水色在一瞬间似有轻轻拍上时光肩头的幻觉，真的以为时光会在这里回过身来，真的会让你看到了过往。我尽力掩饰着惆怅凄婉，深一脚浅一脚地走在水边巷间，脚步缓缓移动着，心想，一定会有一盏灯为我点亮着，一路照着等我回家。于是，心中就暖暖的，也就少了一丝畏惧。推开一扇半遮半掩的门扉，一位大妈亲切的笑容像是告诉我她已经等了我许久，那份温情脉脉顿时令我宾至如归。

　　这是一栋有着百年历史的两层旧式民居，大妈的儿女们都在镇外有了新居，只剩下老两口守着曾经的岁月。我选择了阁楼一间临水的房间。立于露台之上，夜色下的曲岸柔柳桃花、小桥流水人家影像在朦胧中泛着银色的梦幻。沉淀了千百年历史的古镇这一刻让我的心变得跟水草一样纯净柔软。

　　我倦了，枕水而眠，带着水汽的梦闯入了我的脑海。梦中：弯弯曲曲的小巷，深深浅浅的青石径，窗前走过不知是哪朝的女子，打着玄色的油纸伞，低吟着缠绵的情歌……

　　清晨，我来不及梳妆，只是就着水中的倒影草草挽了发髻，便重寻昨夜的足迹。向来不喜欢毫无节制的喧腾，趁着大批游客还没有光临，我理了理额前一缕被晨露打湿了的头发，一个人有意无意地开始寻找、倾听、感悟烟雨乌镇的千年历史。

东栅的早晨静谧得只听得旭日与水光云影咿咿呀呀互致早安，站在小桥边，久久不敢将脚迈上昨夜曾踩踏过的那一条幽长的青石板路，我怕，我怕我这脚步声会惊扰了昨夜乌镇的梦。

清晨的乌镇是素雅的，素雅如不谙世事的窈窕淑女。那一汪绿水静静地淌着，淌着，两边满是灰墙黛瓦。千年的古街，斑斑驳驳的外墙，低垂迂回的河桥长廊，无不呈现出风侵雨蚀的痕迹，每一根梁柱、每一块砖石，甚至每一枚钉子，旧得叫人心旷神怡。

春天的早晨，湿润的空气和着晨风吹来乡村的气息，弥漫到镇上的角角落落，只需做一个深深地呼吸，就会有一种沁人心脾的美好通透全身，不得不承认，小镇的风情有时也来自气味。

如此一来，岸上水上都有风景好看了。

漫步东栅，一条笔直的青石板路贯穿全镇。这条青石板路有它自己的名字，叫作东大街，由东到西大约有千余米，街的两旁是一些传统作坊和旧式平房或两层楼的民居，南侧的民居依傍着贯通全镇的东市河而建。水阁、廊棚，仅靠几根石柱依托而突出在河面上，民居的倒影在水面上晃动，与两岸的白墙黛瓦相映成趣。在这条千米小街上随处可见的是一些传统作坊。无论是临河的平房，还是街北的二层楼，门板都被擦洗得非常干净，纹理毕现。

　　乌镇的小街是名副其实的。每一条老街都很小，宽不盈丈，一副馄饨担换个肩挑都困难。所有被称为街的，都是因为两边有店铺的缘故，而乌镇的街临河而修。这就是水乡古镇带来的文化，带来的特色。

　　因此，在乌镇，看到的是历史，踩到的也是历史，所以得轻轻地走，静静地看。喧闹并不是乌镇的常态，静谧才是乌镇的本性！从清晨的薄雾里，隐隐约约能体味到乌镇的往昔。

　　那些似水的流年，纠结着多少小镇那不为人知的过往，一代又一代，一生又一生，相遇，相知，擦肩，错过，多少乌镇人爱恨情愁的故事终生不回首。每一个乌镇人都有着自己的故事也都很会说故事，包括刚到乌镇就接触到的三轮车司机。他们一边吃力地蹬着三轮车，一边扭过头来很卖力地向你细数着关于乌镇的种种。

　　我独自安然地依在美人靠上看水面的光影荡漾，柳絮寒烟，缓缓前行的乌篷船，美丽惊诧。

　　美人靠上无美人，美人靠寂寥无声，它在等谁？不由得一层淡淡的相思下了眉头，上了心头。乌镇，真是这个世界上最适合于恋爱和抒情的地方。一切的风物人事，一切的过眼云烟，一切的相逢、感动、不舍，在眼里，在心里，切近而又遥远……

　　如此走走停停，浮想联翩，不觉已经痴了。旁人见我，该是掩口而笑了。他们当然不会知道，我是如何爱这水乡乌镇，这浅、这暗，这晨曦里乌镇的空寂、我的空寂！

我喜欢这种独自落寞行走的感觉，那是一个人的身影，一个人的经历，一个人的梦境———一个人的水乡春痕。

壶口之恋

离开洛川时，已是晚上七点钟，十几人两辆车在渐渐而至的夜幕里和淅淅沥沥的细雨中向宜川县疾驶。大约三个半小时就到达了宜川县城，找了县城里一家最好的宾馆吃饭、住宿，只待第二天就可以拜访魂牵梦绕了许多年的黄河壶口瀑布了。

夜半时分，雨声越来越大，半睡半醒的我禁不住心揪了起来，不知第二天能否顺利成行。虽说黄河壶口距西安城也就几百公里，而且现在的国道已是越修越好，交通工具又很便捷。然而，我这个虽无官无职也无商可经的一介平民却也终日忙碌不停，仅仅就观壶口瀑布这一个小小的心愿就一望多年，好容易偷出半日闲成行，却又碰上这般鬼天气，心里不免有些怅然……

早晨起来，雨却住了，一行人匆匆用过早饭便向壶口疾驰赶去。只一会儿便出了县城，汽车驶进了崎岖盘旋的山路。所有的同伴都被山中的景色吸引住了眼球，车子在山中逶迤穿行，夏末时节，漫山遍野披着绿色的挂毯，那成片成片的梨树、苹果树，还有带刺的野酸枣树就从车旁滑过，仿佛伸手即可采得。忽然，有一股花椒的香气扑面而来，带着雨后晨雾的芬芳，带着山中特有的气息，让人不由得平心静气长长地深吸一口气，花椒林就这样忽隐忽现地延伸在山路两旁。如此，还是要感谢昨夜那场大雨，使得夏日的出游没有了燥热的感觉，而雨后的天空干净湛蓝似剔透的浮法玻璃，山坡上被雨水洗涤过的树木也仿佛焕然一新，绿得青翠欲滴，山涧流水淙淙，静谧安详地蜿蜒出层层清波，不知名的鸟儿在它们的地界里纵情唱着各自的幸福生活……

　　车子在山中穿行了一个多小时就进入了壶口景区，离瀑布还有两三公里处便听到了龙腾虎啸般的黄河涛声。停了车，一行人急匆匆地往飞瀑奔去，远远地便看到一幕白雾凌空腾起，我迫不及待三五步便跳跃到一处崖畔上望去：啊！黄河之水似千军万马以沉淀已久的力量猛烈爆发，奔腾呼啸着越顶而来……我顿时就被惊呆了。那气势如虹、声响震耳的壶口飞瀑，水面足有数十米宽，像一幅张开的巨型扇面，以排山倒海之势，不管不顾、前赴后继地向落差几十丈的山崖下猛扑，随之又被涧下岩石阻隔迸出粗壮的水柱冲天而去，这水柱还要向前冲击，便撕裂成水雾罩满了整个壶口，这才上演了那一幕凌空腾飞的水雾景象。一阵风吹来，水雾便漫天飞舞，脸上、身上便沾上这水分子的雾气，直润进心坎里。而此刻的我似乎有一种热血冲破冰层的眩晕，只知道一遍遍重复说："太美了，太壮观了，真是黄河之水天上来啊！"面对着这浊浪凌空、山鸣谷应的黄河飞瀑，我流泪了，我被这"千里黄河一壶收"的壮丽景观震撼得激情万丈，忍不住站在岸边高声吟哦起李白的诗句："君不见，黄河之水天上来，奔流到海不复回。"

恋恋不舍地离开了壶口，我又许下了一个新的愿望：下次再来壶口，我一定会夜宿在瀑布岸边，让黄河的涛声伴我进入梦乡，让黄河的气息沁入我心魄深处……

夜宿布尔津

　　如果你要去位于新疆阿尔泰山喀纳斯风景区旅游，无论是驾车，还是乘飞机，布尔津县城都是前往喀纳斯湖景区的必经之路。

　　布尔津县隶属阿勒泰地区，位于新疆维吾尔自治区北部、阿尔泰山脉西南麓、准噶尔盆地北沿，其北部和东北部与哈萨克斯坦、俄罗斯、蒙古国接壤，素有"童话边城"的美誉。我国唯一一条由东向西流入北冰洋的河流——额尔齐斯河横贯美丽的布尔津城。

　　这座小城据说原来超级穷困，模样也破败不堪，而如今呈现在我们眼前的是一座新兴的充满了神奇和魅力的小城，是喀纳斯的旅游开发捎带出的一座与时俱进的旅游小城。

　　乘坐旅行社大巴到达布尔津县城是北京时间晚上六点多钟，

正是这座北部小城即将日落的时刻。在宾馆里放下行李,大家就匆匆上车,只争"夕阳"地赶往距县城二十四公里处号称"天下第一滩"的五彩滩景区,开始此行的第一次有组织、自愿消费的壮观巡礼。

不看不知道,自然太奇妙。

五彩滩毗邻碧波荡漾的额尔齐斯河,夕阳下的五彩滩"一河隔两岸,胜似两重天"。远眺南岸,好一派河谷风光,蓝天、白云与青水潺潺、郁郁青翠的河谷遥相辉映;再看北岸,苍山如海,残阳如血,石峰、石墙、石柱,群峰如林、疏密相生的雅丹地貌此起彼伏。大自然在这里鬼斧神工地将截然不同的两种地貌巧妙地融合在一起,构成了一幅浑然天成、唇齿相依般的壮丽景观,绘出了一幅锦绣山河的俊美图画。

亿万年的地质变迁,将五彩滩的自然地貌雕刻成让人过目惊诧的奇艳。一堆堆奇石怪岩造型奇特,像古罗马的城堡矗立着,又像秦朝的兵马俑列队接受检阅,雄风大气,刚气十足,风尘不染,超凡脱俗。夕阳映照下的城堡和山谷散发出辉煌的色泽,红色与黄色,甚至蓝色和紫色,壮丽罕见,使得对岸的绿色河谷更显清幽宁静。

这里是摄影爱好者的天堂,而一天中最佳的拍照时间就是日落时分。当我们进入五彩滩景区,已经有很多持长枪短炮的摄影爱好者各自早早占据了取景的有利地形，静候光影魔术师的降临。随着落日阳光的照射，五彩滩上红、棕、绿、紫、黄、白、黑，及过渡色彩在岩石上恣意变换，交相辉映，形成梦幻般的绚丽色彩……

　　只是再美好的盛宴也会散去，五彩滩日落前的色彩狂欢也就持续了二十分钟左右的光景。我坐在一块岩石上，静静望着挂在西方天边上那一轮红日渐渐地沉落，被地平线一行一行地吞噬，先是消失了一小半，再是二分之一，最后完全消失……余晖尽逝，天暗了下来，多姿多彩的五彩滩很快恢复了平静，熙熙攘攘的人群也逐渐散去，只有那历经千万年时光的砂砾岩层，以及自东向西流入北冰洋的额尔齐斯河水，日复一日年复一年无怨无悔地陪伴着日落星辰。

　　我起身快步追上团友，回首再看了一眼平静祥和的额尔齐斯河两岸。没有了光线的装点，却多了一份雅丹地貌本来的粗狂，裸露的岩层表面，记录着每一缕从额尔齐斯河上吹来的风。我庆幸我来到五彩滩的时间刚刚好，使我在夕阳和晚霞的映照下领略了五彩滩犹如黄袍加身般的梦幻色彩，毫无精神预警地一头扎进了真、善、美博大的自然胸怀，如痴如醉……

　　来到布尔津，去河堤夜市老街烧烤城打卡是必须进行的项目，而品尝布尔津的特色小吃——烤鱼，又是对味蕾最大的诱惑。布尔津河独有的狗鱼、五道黑鱼在火与佐料的熏陶下品质独特，其味悠远悠长，令我至今还在想念……

金色的布尔津，这个让我喜欢让我怀念的边陲小城。

浪漫小木屋

　　一位哲人有句经典："一事能痴皆少年。"他人痴情、痴事儿、痴秦砖汉瓦，我独痴梦想，且痴梦连连，痴心不改，顽强敬业。

　　梦想白云蓝天下的风吹草低见牛羊，梦想鼓浪屿水天一色的新年涛声，梦想遥远的地平线升起的那一轮太阳，梦想风在林梢鸟在叫的森林小木屋……

　　清晨，当第一缕阳光穿透茂密的丛林洒向地面，百鸟就争相唱响了晨曲，百花也竞相舒展着身姿，精神抖擞地开始了新一天的晨练。小木屋在朝阳下闪烁着金光，木屋的主人被温暖的光芒摇曳开了惺忪的睡眼，穿着拖地睡裙赤脚跑出木屋，踩在松松软软厚厚的落叶层上，张开双臂拥抱清新的一天，"早啊，太阳！

早啊，小鸟！"

……

痴人说梦。不过，心若痴，梦就在，终有一日梦想也会照进现实。喀纳斯山中的小木屋就让我长长久久的一场梦变成了现实。

那一天是农历八月十六，月亮比十五还圆的日子。银盘似的月亮高高地挂在喀纳斯干净清澈的天花板上，月光泼墨般倾泻在喀纳斯的山坡上，皎洁，恬静，甚至光亮得有些清冷。山坡上的小木屋在月光的折射下更显得幽静和空旷，天赐一个月朗风清的夜将浪漫渲染得登峰造极，这秀色可餐的诱惑让我闭紧了眼睛，所有的思维短路却怎么也不能拒绝，于是，有生之年就创造出了一次"一个人的小木屋之夜"。

喀纳斯的夜寂静得你能听到风儿和树梢在窃窃私语，我独自站在拥有一夜居住权的小木屋前，心跳的频率合上了此境的节拍，生怕这良宵美景稍纵即逝，以一个不变的姿势久久伫立着，静心凝神地赏月、听风，放飞我闲云野鹤般的灵魂畅想。我隐隐地听到了喀纳斯传说中英俊的牧羊青年为心爱的公主吹响的"楚儿"声，悲凉、忧郁、幽远，像一曲天籁的独奏穿越了时空在升腾，隐隐地……

于是，我浮想联翩得离了谱，大脑内存也开始混乱起来，不知眼前是尘世还是天界，扑面而来的是清风还是风情。仰头朝天上望去，一轮皎月近得就似挂在身边的树梢上，似乎要驱散积聚得太浓的夜色。望着望着，一缕冷风吹来，不由得浑身一抖，思维又抖回到了大脑。

喀纳斯的夜沉静得让人心跳缓频，喀纳斯秋天的夜寒冷如北方的深冬。我急忙裹紧了所有穿在身上的秋装，连带着抽紧了瑟缩的思维，赶紧躲进小木屋，缓一缓，再来面对"一个人的小木屋之夜"。

谁说浪漫能使人脱俗？此刻，抬眼就能望见月明星闪的小木屋，寒冷复恐惧。随之袭来的是再俗不过了的孤独和担惊害怕，和衣蜷缩在顾不得是净是尘的被子里，调动全身的警惕神经，时刻担忧着不速之客的造访，心里只残余下一个念头：长夜快过去，黎明快来到。

一夜无眠，安然无事！太阳照常从东方升起，喀纳斯的山坡上又披上了金色的纱曼……

和梦缘定了一生，痴人就会从一而终。站在小木屋门前，新一轮五彩斑斓的梦想又开始在我心灵处交响：梦想到遥远遥远的火星上去漫步，用八千万像素的数码复制天宇馈赠的异彩与辉煌；梦想搭乘嫦娥 N 号奔向多情的月球，把风花雪月的浪漫写意在苍穹；还有，还有，梦想哪一天会创造一个森林中两个人的小木屋之夜……

藏地散记

一

抵达拉萨。

用了一生中最长的车程，来到了这个离天最近的城市。在你名子下的空白处，展开一张浅蓝色的信笺，开始藏地的心灵笔记。

拉萨，海拔约 3646 米，艳阳高照。是离天太近，还是天空中没有杂质，阳光格外透彻。虽然氧分子显得吝啬一些，但感觉还好，不过我记得各位亲们的叮嘱：让脚步慢些再慢些，等着灵魂跟上。

二

旅游真是一个体力活，凌晨四点钟被叫醒，五点就已经在路上了。昨晚差铺，也就睡了一两个小时吧。也许是肾上腺素高涨，我没有任何不适的感觉。同行的三个女伴，或多或少都有点高原反应的不适。

　　我一直向往布达拉宫，既然已经靠近它就不想再遥遥相望。昨晚刚把行李放进酒店就迫不及待打了辆出租车赶过去一睹它的神圣。完全出乎意料，已经晚上八点多钟，仍旧是人流如潮，且潮水宏大而拥挤。更令我惊诧的是，叩长头的人中绝大部分是二十岁左右的年轻人，他们虔诚而一丝不苟。每一个人手里都执着杂七杂八的丈量物，或是一个矿泉水瓶子，或是一小块石头，或是一小截硬纸片。每一次匍匐在地，就将手里的"信物"（我称他们手里用来做每一个长头起点标记的东西为信物，那是自觉自愿为自己诚信制定标准的信物）搁置在地面上，然后起身走在信物处开始下一次的匍匐……如此循复，既不敷衍了事，也不克扣一尺一寸。这里真是一个洗涤灵魂的天堂，信仰的力量无比强大，看着井然有序如潮流般滚滚向前叩长头的队伍，我突然就不管不顾地泪流满面。我的感动，不仅来自于那个坚定不灭的信仰，还有那一双双纯净的目光和超然于尘世的从容。我不由得把脚步放慢了下来，甚至驻足原地很久，灵魂来到了眼前。有那么几分钟时间，我几乎被感染到想让自己也融入人群和他们一起行走叩头，但我内心清晰地知道，其实自己的心灵缺少了一个不灭的信念与信仰。我还知道，对于西藏，我只是一个匆匆过客，而对于信仰，我还在叩问曾经的理想。能够确信的只有一点，那就是当我站在了神秘的布达拉宫围墙下，灵魂就开始不断地提醒我，身外皆无物，唯我禅心在。

三

从拉萨出发，过"米拉山口"（海拔5013米），沿尼洋河一路下行，就看到了西藏的"江南"风光。舒缓富饶的邦杰塘草原，尼洋河两岸绿树成荫的美丽景致，让林芝呈现在你茫然的视野里。而南伊沟一定在等待与她有缘的人，寻觅她是我此行必须阅读的章节。

神秘的珞巴族汉子，天边草原的世外仙境，富有传奇色彩的中印麦克马红线，以及千年的原始森林、汇入雅鲁藏布江南伊河的涛涛流水，都在静静地为我讲述它们沧海桑田的故事。

在米拉山口停留了十五分钟，有些许头疼，应该就是高原反应吧。原来高原反应没有想象中那么可怕，原来在青藏高原上，我也可以独自行走，听信缘分。当凛冽的寒风吹起我的长发和我手中高举起的白色哈达的时候，我的心里又一次充满感动。

四

昨天的行程是边疆之旅，亦是朝佛之旅。

上午看到了西藏三大圣湖之一：羊卓雍措。群峰之间的湖水蓝到了极致，蓝得我无法用任何的形容词，无法用任何的颜料调制出来。蓝色，就是干净、纯粹、彻底的蓝色。接下来看到了即将从地球上消失的卡若拉冰川，我站在5020米的高度上仰望它的圣洁，呼吸着稀薄却又无比纯净的空气，仿佛听到时间嘎吱嘎吱响彻天际，我的内心却遭遇了从未有过的悲悯柔软和安静从容。下午，来到了西藏日喀则地区最大的寺庙"扎什伦布寺"，始建于1447年，它是四世班禅之后历代班禅的驻锡之地。我躲开同行的伙伴独自立于这个离天最近的寺院中央，仰望苍空，我以为，菩萨也许能够看到我的身影，能够听到我心里的祷告……

非常辛苦的一天，感觉特别累。

五

现在离开日光城——日喀则，开始新一天的行程——在"帕拉庄园"感受一个真正贵族的生活常态。

原来LV包、雀巢咖啡一百年前就是他们的日常用品。区别在于，他们用虎皮、金丝猴皮做沙发垫，用金钱豹皮、雪山豹皮做装饰……站在这些真实的展品面前眺望时空，物质告诉我们什么叫土豪，而灵魂却告诉我们什么叫贵族。

相信我，无论什么样的界域，我对幸福的理解是只关乎内心平静地享受生活，无关物质的丰盈。

六

　　不到纳木措，就不能算是一个完满的西藏之旅。纳木措湖是世界上海拔最高的咸水湖，位列西藏三大圣湖之首，站在湖心扎西半岛眺目远望，碧海蓝天，雪山草原，阳光更迭，好一派高原风光。那根拉山口，海拔 5190 米，雪山遥遥相望，山风呼啸嘶鸣。纳木措之行，是对身体素质的一次考验，更是对心理素质的一次挑战。

　　站在也许是我这一生所能经历海拔最高的风口之处，突然想起是谁曾说过的一段话："人类许多的苦难或许都来自我们自身的肤浅和对自然的藐视吧？我们没有像藏人一样匍匐在地，我们就无法看见人间的苦难；我们没有像藏人一样怀揣着信仰升起经幡，堆起玛尼堆，我们就不会拥有淡然掠过尘世的那抹宠辱不惊的目光。"只有伫立在大自然的纯美之中，才能够真正听到净化心灵潺潺流水的声音。

七

　　再见！拉萨。再见！威严的布达拉。再见！明净的天空。再见！湛蓝的湖水。再见！高耸入云的雪山。再见！转动的"嘛呢"

经筒和迎风飘扬的五彩经幡。再见！圣洁的信仰。再见！空灵的
自己。

八

　　谢谢这片纯净的空间。结束西藏之旅，我用聚焦藏起这雪域
的纯净，我用灵魂藏起这质朴的幸福。

　　假如给你一段空白的时光，你一定要选择西藏之行，用唐古
拉的雪峰，用纳木措的湖水，用布达拉的神圣，将灵魂的空白逐
渐地填满。

　　所有的寻找，都只是为了抵达一场生命的洗礼。

　　当然，你若邀请，我愿同行。

打卡法、意、瑞

法、意、瑞的旅程从罗马的早晨开始。

还在晕头晕脑倒时差的车程中，此次旅行的首个景点庞贝古城遗址到了眼前，我立即像打了鸡血样兴奋起来。

两千几百年前的传奇，赤裸地呈现在眼前，除了叹为观止，就只剩瞠目结舌了。紧随着导游的脚步和解说穿梭在民居、别墅、剧院、商业街、斗兽场、豪华的洗浴中心、宏伟的市政广场……我不由得浮想联翩，这个被火山灰掩埋了整个城市的庞贝古城让人深刻领悟到在历史的长河里，个体生命的短暂与渺小！

告别了庞贝古城，根据行程安排我们又来到了那不勒斯湾南部的卡布里岛。这个面积仅有十平方公里的小岛，是地中海上一个将美丽、奢侈与浪漫集成为一体的"白色蜜月岛"。它从古罗马时期开始就成为意大利著名的旅游胜地，堪称海上仙境。蓝宝石般晶莹剔透的海水与远方蓝色的天空如孪生姐妹般亲密连接出一道深情的弧线，在海蓝与天蓝的空间，白色的海鸥伸展双翅，骄傲的盘旋飞翔，炫耀出梦幻般的眷恋。岛屿上白色的岩石屋顶似一颗颗散落的珍珠，被绿色的丝带串成了异彩流光的项链浮在海面上，为这蓝色墨水泼染出的画面优雅地留白……

哦，我沉醉在这异域之地蓝色与蓝色的交响中。

对于梵蒂冈圣彼德大教堂，这可是期待多年的相见。尽管早已在影像资料中见识过它的模样，但当立足于大教堂之中，我还是被恢宏的现场感震撼到荡气回肠。

原来只是以为，这是一场建筑与艺术的膜拜，是穿过了好几个世纪的时空向米开朗基罗、拉斐尔大师致敬，行一个虔诚的注目礼，却出乎意外地被附加了一场宗教的洗礼。

参观教堂时恰遇一场宗教活动，吟唱圣经的和声直抵灵魂的穹顶，尽管完全听不懂唱词，但那柔软如水的哼鸣却似母亲抚慰婴儿的低吟，让我一瞬间泪流满面，趴在围挡的栏杆上，凝视着典礼的场面久久不能自已。

伫立在教堂中央再回头去看，那些设计教堂的大师与建造教堂的工匠们又何尝不是汲取了信仰的力量才完成了这世间最永恒的创举。

告别了梵蒂冈圣彼德大教堂，紧接着用半日光阴脚步匆匆地丈量了古罗马的历史，聆听了两千几百年前的辉煌回声，寻觅了罗马假日的少女情愫。这半日"马儿"疾驰到让人目不暇接，想必跟团旅游大致都是如此吧。

进入意大利的第三天，抵达了心心念念的"翡冷翠"——佛罗伦萨。

穿行于五百年前的大街小巷，去遭遇达·芬奇、但丁、拉斐尔，还有《大卫》的作者米开朗基罗。

没有语言能描述这个弹丸之地上所有的艺术盛宴，我只想再借一双慧眼，在有限的时间里将这些神的礼物收纳进视野里，定格在记忆的神经里，收藏进向往艺术之美的血脉里。

佛罗伦萨，就连吹过的风儿，也裹挟着文艺的气息，让我的脚步迟疑着不愿离去，不愿离去……

时光不老，艺术永恒。

来到浪漫的威尼斯水城，我在此逗留了整整一天。当置身于油画般美丽的水上都市，曾经无尽的向往与美好的幻想刹那落地。乘坐着轻盈纤细、造型别致名为"贡多拉"的小船穿梭在楼宇与街道之间，一千多年前威尼斯人日常生活的情景依稀浮现出来。
而那见证了太多或浪漫或哀伤甚至悲惨故事的叹息桥在斜阳下一
如胶片电影默片的镜头，一帧帧在回放着遥远的故事……摇橹泊
船的意大利汉子阳光帅气得就像国际大牌影星，左手浪漫，右手
随性，直接俘获我这个自娱"将好色进行到底"的一颗阿姨心。
抓拍与合影双管齐下，一路采风采云采帅哥，徜徉在威尼斯的风
光与风情之中，好不惬意！

　　如果世界上真有天堂，那一定是瑞士的模样。就是想象中舒
缓安详的样子。千万里我追寻的就是这样一份静谧，广阔的山地
与陡峭的坡地上人与草木、丛林安然相处，绿色地毯般的草坡间
错落着白色的建筑，而成片的林地随意而自然的生长在各种建筑
造型的周围。真想就在这里放缓脚步，多停留几天，给心灵放个
长假。

　　童话小镇琉森，湖光山色。坐在游艇上一览两岸童话世界里
的风景，我仿佛睡着了做了一个长长的漂浮在碧波上浪漫的梦，
中世纪的诗情画意在梦境里久久挥之不去。瑞士，真是阿尔卑斯
山麓中的"欧洲花园"，人生到此一游也不枉来尘世上观光过
一回。

一望无际的麦浪，绵延了数百公里。青青的麦香，全天候弥漫在这个法国小镇的空气中。伸展双臂做一个深呼吸，便不由自主地陶醉在小麦灌浆的醇香里，我这个陕西妹子毫无抵抗力地被法国麦子迷倒了。朋友圈里有农业专家看到我拍的麦田照片留言：确实是好，品种纯正，没有杂草，长势精神，个个像挺拔的将军。这么优良的品种，老外肯定不会卖给我们种子的，我们的所谓育种专家看了会汗颜的。

在这个麦浪荡漾的法国小镇，我只是匆匆过客。想必家乡的麦子该是熟透了，开镰收割的日子应该就在这几天了。

进入巴黎，首游凡尔赛宫，见识了几个世纪前奢侈豪华的西方宫殿。其实，尽管跑马观花，但艺术的感染力确实登峰造极。

急匆匆走进巴黎这个城市，我暂且用镜头记录真实，用眼睛观察细节，用耳朵聆听历史，用心灵感受他乡文化。当然还是想等自由活动的时间，执一杯咖啡坐在街边，静下来沉淀心情，才能清理思绪。

伫立在世界级瑰宝维纳斯女神雕像前，一句几近调侃的话语突然闪现在脑海里，"梦想还是要有的，万一实现了呢"。还在少女时期，我心里就播下了这一生一定要亲近一次卢浮宫的梦想。应该说那是一个连幻想都虚无缥缈的时代，但不知什么样的灵感驱使，朝圣艺术的种子顽强不灭地在我心底里扎下了根。时过境迁几十春秋，梦，就这样执着地走进了现实。

卢浮宫，一个必须仰望的艺术殿堂，我所有的诗句，将沿着脉络寻找大师，寻找艺术的源泉。太累了，两个小时也就看了艺山一角。掠影记录也算记录吧。

终于在团队集体购物的时间，有了一个人的独处时光。一杯卡布奇诺，一块大号马卡龙，噢，今天是6·1国际儿童节，那就再加上一个蓝莓味冰激凌，必须让童心不泯的节日甜腻到极致。

情调其实是一个很抽象的东西，但它是由生活中的细枝末节组成的。就像此刻，在巴黎的街头，一杯咖啡，一段发呆的时光，有意无意间打捞起已被物欲之风吹落在某个角落的情调，给习惯了的庸常生活留下一笔记忆的殷红。

转角处，见到了魂牵梦萦的巴黎歌剧院。可惜只能绕剧院外围一周观赏建筑的魅力，不能走进剧场一睹向往中舞台的风采。是遗憾，也是留待后续，我站在剧场入口处在心里默默许下一个"于巴黎歌剧院观看一场歌剧"的未来：若你许我一段时光，我将许你一世倾城。

别了，巴黎！倾我一生的情愫，许一段今生的相约，在巴黎街头，在喧嚣深处，用我的心牵你的手。与风月无关，与浪漫有染；与暧昧无关，与艺术相伴。

东欧掠影

一

来到捷克。

只是一次长途飞行，我的生命轨迹向后倒拨了六个小时。

住在老城区一幢鹅黄色中世纪建筑的酒店里。因为时差关系，凌晨三点我便清醒地再无睡意，无奈赖床到了五点钟就起身去看街景。布拉格的早晨如母亲怀抱里睡相甜蜜的婴儿还沉浸在静谧安详之中。

脚踩在上千年的碎石路面上，有轨电车交织穿梭在无人的十字街头，捷克的母亲河伏尔塔瓦河静静地流淌在布拉格街边上，东欧之旅就此拉开序幕。

为了赶赴维也纳金色大厅的一场音乐会，打乱了出行前三番五次沟通制订出的行程计划。布拉格的景点在有限的时间里只能跑马观花，与中世纪的历史匆匆擦肩成过客。

出乎意料，布拉格景点的游客爆棚，俨然成中国黄金周的现场版，阳光灼热，逃了也罢。

我在 1344 年查理四世下令建造的哥德式建筑圣维塔大教堂前拍照留念。这是布拉格城堡最重要的地标，除了丰富的建筑特色外，也是布拉格城堡王室加冕与辞世后长眠之所在地。

打卡网红的查理大桥。查理四世为大婚走红毯而将木质大桥改建成现在所看到的石桥，这也是连接古堡和旧城的一座古桥，而桥下就是湍急的伏尔塔瓦河。查理大桥上最为著名的就是那一尊尊古老的雕塑。桥上游客摩肩接踵，加上兜售各种纪念品的小贩，好不热闹。

来到布拉格，必须一睹真容的就是传说中那座建于 1410 年的钟楼。尽管钟楼的外墙墙皮因年代久远已部分剥落，但它却以精美别致的自鸣钟而闻名于世。每到整点，钟上的窗门便自动打开，钟声齐鸣，十二个圣像如走马灯似的一一在窗口出现，向人们鞠躬。这个复杂而又奇妙的自鸣钟，是 15 世纪中期由一位钳工用锤子、钳子、锉刀等工具建造的，至今走时准确，成为人们观赏的一件珍品。游客们如朝圣般在烈日下或席地而坐，或在周边伫立，层层包围聚集在钟楼底下，仰望历史。

最后一个景点，来到了建于 14 世纪的人骨教堂。人骨教堂外表看似十分普通的哥特式建筑造型，但内部的装饰却是用四万具骸骨修建装饰的。因此这里与其说是教堂，倒不如说是"人骨博物馆"，其背后记载了一段惨烈苦难的历史。立于此处，我只有祈祷，时光永恒，生命伟大。

二

仅用了一天时间，匆匆掠影过捷克的著名景点，傍晚时分走进了奥地利首都维也纳。人生就是这样，常常会遇上只能取其一的选择题，鱼和熊掌同时摆到你面前，悉听尊便。

此生能够亲临维也纳金色大厅，现场聆听一场音乐会对我的诱惑力无可匹敌，掠影捷克也就谈不上委屈和遗憾了。只是将奥地利也扯进东欧之行似乎有点牵强，奥地利属于中欧地区。

维也纳金色大厅，这是全世界音乐人的朝圣之地，在夕阳余晖的映衬下，红黄相间的屋顶名副其实地闪耀着金色的光芒。入得音乐大厅内堂，更是绚丽夺目的金碧辉煌，乐团指挥与演奏者身着宫庭华服隆重奏响了莫扎特的交响音乐会。

闭目倾听，我陶醉于一场华丽璀璨的世界级音乐大师的叙事之中。最后一支曲子，在一对男女扮作鹦鹉的调情、嬉戏、吵嘴、和解的对唱表演中将音乐会推向高潮。返场曲则奏响了施特劳斯创作的奥地利最著名的圆舞曲《蓝色多瑙河》，完美收官，掌声持久不息。

　　看来，人有的时候是需要有一些不着边际的梦想，诸如维也纳金色大厅的现场音乐会。也许一个不经意的遇见，就能梦想成真。感恩此次东欧之旅的第一个邂逅，这个附加值才叫一个称心如意。

　　第二天，顶着烈日行走在维也纳老城区，在巴洛克式、哥特式和罗马式建筑群里穿梭晃悠了一整天。皇家花园、美泉宫、茜茜公主博物馆、国家歌剧院、公元 16 世纪营运至今的纳许市场……面对昔日奥匈帝国皇城的豪华景象，我已经见多不惊了，倒是一顿维也纳当地的特色午餐是这一天里最美妙的记忆。全是杠杠的硬菜，好吃不贵，配上后味略甜的美味啤酒，坐在街边，吹着小风，那叫一个惬意舒爽。只是菜一上桌吓住了几位美女的肠胃，餐盘中的分量超出了预期，入乡随俗，是坚决不能剩菜的，还没有打包的习惯，要全部消灭光真成了一道难题。最后按硬指标毫不留情地分配到位，实行个人承包制，总算是连晚饭一并捎带了才勉强完成任务。

　　维也纳也分新城和老城，各位看官千万不能有当今中国各地新城区的代入感。维也纳新城区的建筑、街道、规划也有几百年的历史，至于老城区，从 11 世纪开始的建筑至 15 世纪的建筑都安然无恙地保持着原来的面目，只是服务对象从曾经的皇家贵族转成了现在的政府和人民。

面对随处可见的历史建筑，我已完全没有拍照的兴奋点了。倒是奥地利人民工作日的悠闲的生活状态令人垂涎，随手街拍记录下来。

随后一天，离开城市终于进入向往中的欧洲自然风光和人文小镇的行程时段。

从维也纳出发沿着多瑙河驶向瓦豪河谷的起点梅尔克小镇。这是一个具有典雅文艺复兴气息的小镇，而我们怀揣着神圣向往只为探访镇上最有名的那座屹立在山岩上的梅尔克修道院。

呈现在眼前的梅尔克修道院，是宫殿一般气势非凡的巴洛克式建筑群，完全与电影里看到和想象中的修道院大相径庭，而修道院中的大教堂更是金碧辉煌。

这个具有千年历史的修道院经历了多次维修重建，如今我们看到的是 18 世纪在意大利文艺复兴建筑基础上将其再造成典型的巴洛克建筑群。走进梅尔克修道院，便是赴一场金碧辉煌巴洛克艺术盛宴。

从修道院的平台上俯瞰脚下蓝色的多瑙河奔流不息，见证着人世间的沧桑变幻。

瓦豪河谷据说是多瑙河畔最美的一段流域，沿河两岸一片片葡萄园连绵起伏，这也是奥地利白葡萄酒最重要的产区。路过一个不知道名字的小镇，完全就是理想中文艺片的取景地。自由行的优势再一次体现出来，计划外的遇见却让人流连忘返、欲罢不能，美女们各种摆拍，将自己融进景中。

终于放慢了脚步，开始回归到旅行真正的意义上来。

三

网红的捷克小镇克鲁姆洛夫，也称 CK 小镇，是东欧行"最心动"之地之一。

克鲁姆洛夫字面意思是"河湾中的浅滩"，小城镇"U"字形河套环绕，一边是北边山丘上的城堡区，一边是河套中央被包围的旧城区。这里的历史建筑物超过三百座，基本成型于九百年前，之后又融合了哥特式、文艺复兴式和巴洛克式的风情，成为中世纪小型城市的代表。网上这样形容 CK 小镇："红色屋顶，鲜花满城。走进小城，时光仿佛倒流到 18 世纪，小巷、小街、小石头路、粉红色屋顶的小屋、教堂、钟楼，逐一映入你的眼帘。这种恍如隔世的景致很难准确用言语来表达，'令人窒息'应该比较准确！"

真不知这段描述是何年何月的克鲁姆洛夫，而我看到小镇的情形完全类似于桂林的阳溯，当然，建筑风格除外。游客众多，以欧、日、韩为主。大街小巷的路两边都是店铺，纪念品大多也都大同小异的义乌货，蜜蜡之类十之八九明显造假。潮涌般的人流打破了小镇的宁静，现代商业气息稀释了小镇的古老，只有静坐于教堂里才觉得恍如隔世。

对了，冰激凌的味道依然纯正美好，坐于小河边上与蓝天古堡隔水相望，比烈日下匆匆游走更易找到一点异域的风情。

奥地利圣沃夫冈湖泊的美景，以及沙夫山顶那片神奇梦幻、充满诗情画意的土地，是因了电影《音乐之声》而名扬天下。影片里那童话般的仙境，点燃了多少人向往在那片草地上自由欢唱的真情。当搭乘1893年开通的齿轮式小火车，海拔高了1783米后，电影《音乐之声》开场时外景地的湖光山色立即展现眼前。天气晴朗，阿尔卑斯山顶的白雪在阳光的照射下与湛蓝的湖水、绿色的山坡交相呼应出绝美之境，似乎是上帝在凡间创作的一幅油画。

身临其境，电影《音乐之声》中那首最经典的插曲《哆来咪》的画面和旋律顿时出现在意念之中，我情不自禁地在无遮无拦的山坡草地上投入剧情中，边舞蹈边欢快地哼唱起来"念书你就先学ABC。唱歌你就先唱哆来咪，哆来咪，哆来咪这三个音符正好是哆来咪，哆来咪，哆来咪发唆拉西……"

四

不知是因天气热，还是旅游热，一路走过的世界著名小镇让我们完全感觉不到宁静和浪漫的异域风情。也许是太贪心，我们总被景点里的自费项目诱惑，被占去有限的游览时间。大家匆匆打卡哈尔施塔特，这是位于阿尔卑斯山东部地区的小镇，这座紧贴着险峻的山坡和宁静的湖泊之间建造的湖畔小镇被称作"世界古老的盐都"，是一个超级有名的网红小镇。

错落有致的古老木屋镶嵌在半山腰上，宛如一条飘逸的丝带游走于翠林茂密的青山和碧绿清澈的哈尔施塔特湖之间，梦幻般清幽静谧的自然景色宛如天堂寄来的明信片。除了优美旖旎的自然风光，小镇还有"盐矿宝地"之称，有一座有着数千年历史的老盐矿至今还在作业，令人惊叹。小镇里有一处直饮水，据称也几千年的历史了，曾是矿工们饮用和洗漱之处。而今的过客，凡饮其者，饮的不仅是解渴之泉，而是几千年的历史。

午饭后我们急驰向萨尔茨堡。萨尔茨堡位于奥地利的西部，是阿尔卑斯山脉的门庭，城市的建筑风格以巴洛克为主。萨尔茨堡之所以闻名世界，其一是因为这里是音乐天才莫扎特的出生地，其二要归功于电影《音乐之声》取景地米拉贝尔花园。这里真可谓世界的音乐之都，莫扎特的故居前是游客聚集最多的地方，桥头街边随处可见手风琴演奏者，只是脚步匆匆，停不下来静静欣赏完一支曲子。

倒是用了近两个小时参观哈莱恩盐矿，神秘而新奇。这个具有一千多年历史的盐矿，在 1989 年因为经济危机不再开采，现主要开放为旅游参观景点。而其旅游参观历史要追溯到 17 世纪，萨尔茨堡的大主教开创了参观盐矿的先河。长约一千米的坑道，需要乘平板式小火车、木质滑道和电动渡船才能参观完。讲解员全程用德语和英语进行介绍，盐矿的历史及开采方式被一点点地揭开了神秘的面纱。

五

旅行要趁早。时间不会静止不动地等你，身体与心情也不会因你主观上的一厢情愿而一成不变，就连仁立千年的景点也不是永恒在那里等你。2019 年 4 月 15 日，法国巴黎圣母院遭遇到有史以来最严重的一次火灾。整个教堂顶部的木质结构被全部摧毁，留下石质的残垣断壁让人唏嘘。2019 年 11 月 30 日凌晨，国人心目中奥地利的"世界最美小镇"哈尔施塔特着火了。尽管火势迅速被控制住，仅是焚毁了哈尔施塔特湖边的几座木屋，但还是破坏了哈尔施塔特小镇景致的完整性，使游览的人会生出缺失的遗憾。

有些名胜古迹最好趁早去看看，我很庆幸，我看到了它们原始的模样。

走进德国

从奥地利进入德国南部，沿着阿尔卑斯山脉北麓一路向西北
而行。

首站贝西特斯加登小镇。大家放弃了计划中远观希特勒鹰巢
的行程，终于不用赶时间地进行了国王湖的深度游览。

国王湖在巴伐利亚州南部群山环绕之中，位于贝希特斯加登
旁边，是一个因冰河侵蚀而成的湖泊。湖水宛如碧玉，湖面如镜，
四面山峦倒映在水中，湖光山色，美不胜收。乘船行于其间，绿
树相拥，浮云作伴，碧水清风，别有趣味。当游船来到一处绝壁
前，水手吹起了小号，号声在山谷中飘荡开去，又曼妙地回荡回
来，充满了神奇色彩。

上到岸上，绕湖漫游，蓝天、碧水，雪山、草地，魔法森林

梦幻般透出阳光的影子。野鸭子优哉游哉地浮在水面，或者摇摇摆摆地走在草地上，才不去理会来来往往的过客。只是静静地坐在湖边片刻，诗情画意便不请自来。一切看起来自然得就像它们原来就在那里一样，美得不加修饰……

进入德国第一天的住宿被安排在童话世界般的小镇上，周围寂静得只有鸟儿早课争鸣的声音。每一栋居家的外墙上都画有古代传说中各种故事的彩绘，"司导"介绍说，这是德国施奈高地区的特色，一幅幅画面描绘着小镇的脉脉温情。幽美的自然环境和童话般浪漫的氛围赋予了小镇悠闲自得的生活节奏，街边咖啡馆，或者小酒吧里的人看起来总是那么自在安然。

想想也是，诗意的栖居，灵魂的安宁，除了岁月静好，还能有什么？！

德国拥有世界上最多的城堡，据说约有14000个。在众多的城堡中，最著名的城堡是位于慕尼黑以南富森的阿尔卑斯山麓的新天鹅堡。这个19世纪晚期的建筑，是巴伐利亚国王路德维希二世复古怀旧的一个梦的世界。

新天鹅堡的名字来源于中世纪，关于天鹅骑士的传说。路德维希二世国王，充满了艺术气质，一生受着瓦格纳歌剧的影响，他构想了那传说中曾是白雪公主居住的地方，亲自参与设计这座城堡，仿照和复原中世纪瓦尔特堡的建筑与装饰风格，在阿尔卑斯山脉中树起了一座白墙蓝顶宛如人间仙境、美得如诗如画般的神话城堡。

新天鹅堡里面到处都是天鹅造型的装饰，帏帐、壁画，就连盥洗室的银制自来水龙头，也是天鹅形状。

立于山脚下的天鹅湖畔仰望城堡，只见连绵起伏黛色的群山中，新天鹅堡若隐若现，如云中仙子风姿绰约，又似圣洁高雅、展翅欲飞的白天鹅，雄踞山巅、睥睨大地。

一个国王将其博学才艺倾情于精神的怀旧，于时代也许称不上是一个称职的君主，而于世界的建筑史，却留下了不朽的光芒四射、屹立不倒的华丽建筑和一个代代相传追寻神话梦想的故事。

当来到德国第三大城市慕尼黑，除了名品一条街上过过眼瘾，还得去皇家啤酒馆。"司导"说了，不去皇家啤酒馆，就等于没到过慕尼墨。既如此，那必须得去喝一杯了。

皇家啤酒馆是希特勒发动政变、行刺前政党领导人的地方，也是他最有搧动力的演讲之地。上下三层楼，包括室外诺大的场地，据说能够同时容纳五千人就餐。五千人的大场子，竟然不分时段地爆满，每客必等位成了约定俗成的定律。"等位子"就是本色出演那种看看哪桌人快结束了厚着脸皮站在人家桌边候位置的情景剧，千万别奢望有人会为你张罗座位，供不应求的。

大口吃肉，喝大杯啤酒，一个长条桌上坐的人，无论什么肤色，举杯互碰，太有豪放的感觉了。"司导"又说了，你若执一大杯啤酒站起来干杯，全场的人会为你爆发热烈地掌声。他愿意用一块肖邦名表做赌注，如此巨大的诱惑力愣是没让我冲动地献身一回名利场，即使异国他乡，我也还是低调淡定地与自己Cheers 吧。

其实旅行也如生活，想要的日子往往并不如所愿。有时候特别期待的美好最终得到的结果会有些许失落，而又有时周密细致的计划会因为一个偶然的不期而遇却几何倍地放大美好，就像走进德国的罗腾堡之旅。

上午打卡纽伦堡。纽伦堡市在德国东南部，隶属巴伐利亚州。整座城市的建筑除了两座教堂及一处文物之外，在二战时期被英美盟军地毯式轰炸几乎夷为平地。现在所看到的建筑均为二战后按照 15 世纪原样复制建设而成，虽然缺少了岁月积淀出的沧桑痕迹，但历史上的模样还是被接力棒式地延伸下去了。

午后飞驰至号称德国童话小镇罗腾堡。入得小镇，我们竟然遇上了圣灵降临日的民族大游行，游客们像圣诞逛欢似的聚集在路两边等待仪式的开始。我们放下行李就赶紧去凑热闹，当游行队伍从身边经过，感觉像是以街区组成的方阵和花车有序而行。他们分别穿着不同民族，或不同时代、不同职业的服装，扮演着各种时代的角色，表演戏剧情节，沿着大街小巷招摇过市，与观众们互动欢呼与歌唱，好玩至极。

　　游行结束后，设在教堂广场的集市开张，那些身着各式服装的游行人员又都成了各自摊主，兜售起当地传统的手工艺制品、食品，还有游艺与杂耍。其形式与关中农村庙会大有异曲同工之妙，不同的是，集市入口处站了两位彪形大汉，"要想入集市，留下买路钱"，一人七欧元。哈哈，偶遇上此等异国情调，已是旅行中的意外惊喜，区区七欧元岂不是占了大便宜，逛集市再凑回热闹，这短短的时间里就有了开心的平方，更多的幸运与轻松。

　　这一晚我们就住在罗腾堡小镇老城的酒店里。"罗腾堡"的字面译文就是"红色的城堡"。站在城墙高处放眼小城全景，所有人字形屋顶坡面都以圆弧状的红瓦铺就，想必红色城堡之名由此而得，而屋子的外墙却是各放其彩，五彩缤纷，就是动画片中童话世界里的景致。

　　旅行中的有些时光是要用来漫步度量的，比如罗腾堡的傍晚和清晨。当熙熙攘攘的游客陆续散去，热闹喧嚣的小城的大街小巷复又弥漫出安静而古老的气息。我一个人踩在13世纪的碎石路上左顾右盼，小镇的风情都藏在街头巷尾里。每一次转角都能遇见不一样的色彩和景致，这些画面组成了丰富的表情，描绘出了罗滕堡原住居民的生活常态。

　　当我轻轻地穿梭于千年的小巷，触吻一座城池的味道，那种寂静安详的情绪荡涤了多日旅途奔波满满当当的负荷，让心灵放空地来一次深呼吸。也许，这才是我想要的旅行的真正意义。

"人生苦短，尽享佳酿。"来到海德堡，入目第一眼的就是这条中文宣发语。虽然没有尽享佳酿的计划，但山顶红色海德堡城堡里的巨无霸红酒桶却是海德堡之行必须到此一游的景点。微微细雨中徜徉在海德堡并不宽阔却又寂静安详的街道上，一个转角就可能会遇上海德堡大学某个学院的教学楼，它们就散落在街区里。如果你时间充裕还可以去蹭堂课听听，那种国际名校的神秘感顿觉消失殆尽。

下午到达维尔茨堡，这是德国中南部的城市。小雨转中雨。我在雨中环绕着中世纪宏伟的巴洛克式建筑维尔茨堡宫步行游览，一睹其奢华浮夸的外观，又执伞行走上美因河的老桥，烟雨朦胧中倾听不远处教堂的钟声，内心清澈成一面镜子。一切都是最好的遇见。

美因河畔的法兰克福是此行的最后一站，这是一路走来唯一看到的一座中世纪建筑与现代化高层建筑混搭的城市。

雷玛广场边上的一幢 12 世纪的联排别墅与 18 世纪的巴洛克式建筑面对面，作为市政厅的办公场所。需要强调的是，这两幢建筑都是二战结束后在原址上完整复原了曾经的模样，只有它们边上的法兰克福大教堂是货真价实已有千年历史的建筑。

　　二战期间的法兰克福，被英法联军轰炸了多次，全城建筑几成废墟，只有教堂被保留了下来。

　　这座百废待兴的城市，在二站结束后，将老城完全按照原先的模子复原成中世纪的建筑风格，并迅速将城市建设和经济发展起来，成为全欧洲的金融中心和重要的交通枢纽。

　　德国之旅，走过了几处被二战炸毁又复制还原成最初建筑模式的城市。尤其是海德堡内卡河上的老桥，经历过九次重建，竟然如九次复制粘贴，既不创新也无丝毫变革，真不知道是要顶礼膜拜德国人一脉传承历史的精神，还是要质疑德国人"一根筋"的固执。

　　是好是坏，历史是最好的见证，至少我愿意依着千年的时光眺望未来。

合阳的风土人情

　　"为什么我的眼里常含泪水，因为我对这片土地爱的深沉。"以前我总以为合阳人马河声是因为青年时期离开家乡飘零闯荡不易，才对故乡有着深深地眷恋，所以常以合阳为荣，逢人便夸家乡好。而这次走进合阳，我才知道，合阳人爱合阳是一种常态，是每一个合阳人打心底里下意识的一种情感使然。无论是风景名胜，还是古迹遗址，或是民间艺术、民俗民风，包括合阳的种种美食小吃，只要你想了解合阳，抓住身边任何一个人打问，他们都会激情澎湃详尽地向你叙述这所有一切的前世今生。也正是因为身边合阳人的倾情推介，仅仅几天的游走，让我这个初识合阳的西安"稼娃"在短短的时间里竟然心心念念地爱上了合阳的风土人情。

这许多年来，对合阳的认识肤浅到只知道诗经的发源之地洽川，也曾与几位友人慕名在"万顷芦荡探幽，千眼神泉沐浴，百种珍禽观赏，十里菏塘采莲，一条黄河漂流"的诗情画意中荡漾过几日。这个初冬再临洽川，暖阳在天高云淡的景致下，把和煦的夹杂着余温的阳光铺洒得温文尔雅。芦花正是盛开时节，如雪浪般起起伏伏，苍茫得无边无界。立在游艇的顶层，顺着游艇划开水面的波纹，我仰望苍穹想感受水天相连下的天空究竟有多蓝，耳畔却响起了数只灰鹤在天空上扑扇翅膀带来的风声……原来，冬日洽川的景色沉静唯美，彰显着其骨子里那洋洋洒洒浪漫的基因和气质。

古老的合阳，不仅仅是诗经诞生的地方，还是"中华厨祖"伊尹故里。当一座小城散发着书墨的幽馨，街头巷尾又弥漫着炉灶的香气，让你一见倾心地爱上这个地方，还需要其他理由吗？

信不信由你，反正合阳行的几天时间里，我对合阳的美食真真一个爱恨交织，待我向你一一道来。

先说合阳踅面。最先知道这个名吃是在微信朋友圈里，有合阳籍吃货在朋友圈晒图诱惑过我多回了，此次合阳之行的当天晚上终识得庐山真面目。问题严峻的是，踅面隆重登场时，酒已喝过三巡，菜已食过八道，不吃不足以告慰多年的惦记，吃吧，实在是愧对"晚不饱食"的誓言。罢！罢！罢！减肥是女人永远的决心，而我的节食誓言又永远写在流水上，也不在于多了一碗传说中的"合阳踅面"。传说合阳踅面已有两千多年的历史，是利用当地盛产的荞麦而做，其制作工艺是先将和好的荞麦面烙成饼子，待饼子烙到七八成熟时，揭起搁在阴凉处，等面饼完全凉后，切成宽窄一样的细条，码在木箱中。吃时抓一把投入锅中，用筷子顺锅一搅，便可捞起（可干吃，亦可带汤吃），如此，应该算是中国最早的"方便面"吧。在端上来的踅面里调上一块猪油（此处敲黑板），一勺猪油辣椒（红油），然后清油辣椒、盐、醋、蘸、一点花椒面，最后在面上撒一撮葱花，啧啧，味道真是这方独好。在合阳民间流传着一句民谚，"不吃踅面不看线（提线木偶戏），不算到过合阳县"。

接下来就进入到顿顿与美食共舞的阶段：合阳清汤羊肉、全鱼宴、十碗席、辣子豆腐、红薯饸饹、馄饨馍、九孔莲菜、甘面烤红薯……还有就是被马河声先生挂在嘴上"吃了忘不掉"的红油馇子。

午饭过后不久，也就是下午三点多钟，车正好经过合阳同家庄镇，这个地域有一种独特的小吃——荞面煎饼，当地人称为"红油馇子"。马河声就用"吃了忘不掉"的广告语给所有午饭还在喉头的"抵触者"做思想工作。最终的场面是，态度温和地候在店堂里的人等了二十分钟等不上来一份红油馇子，不得已也亲临后厨，立于锅边，才能抢到一份以享口福。事后听说，有人一口气连吃六张，还见到同行的贾才女直接动手，自摊了两张花边形煎饼举着出来与人分享。反正我是现场吃了一张，又悄悄打包了两张才算对得起千年逢一回的红油馇子的味道。

红油馇子小吃的形成大约也有百余年的历史，工序是将荞面在大鏊上摊成小煎饼，然后将摊好的煎饼，盖上净白布稍微焐一下，使其变软。吃时重新放在铁鏊上，摊开，待其变热后，快速放上一小块猪油，猪油化开后，加上红油辣子、葱花、盐末和柿子醋，再轻轻用手揉搓，使调料混合均匀，卷起装碗，端起即食。荞面煎饼软和筋道，加上葱香以及醋与辣子掺和后的特殊味道，直让人胃口大开，越嚼越香，也只有热吃，才能过瘾。也正是因为如此，后厨才上演了我们同车二十几人站在锅边抢食红油馇子的红火场面，我冒昧修改了那句广告语："吃了确实忘不掉。"

此番深入合阳，最让我心灵震撼，为之动情动容的是合阳的地方戏曲艺术，实际上也是合阳的几种非物质文化遗产。

是夜，一行人被邀请到县木偶剧团排练厅观看演出。最先出场的是流传在合阳县一种民间戏剧形式"弦子戏"，虽然唱词我一句没听懂，但自我感觉其形式与华阴老腔有着近如兄弟姐妹的缘分。"弦子戏"表演时以三弦领头，又因演唱时人员和场地大小不受限制，所以又叫"小场曲子"。除了三弦、板胡、二胡等乐器，还夹杂了四页瓦、梆子、撞铃，以及其他的家常用具，诸如筷子、瓷碟等。唱念表演的人或纳着鞋底，或绣着鞋帮，浓浓的生活气息呈现出村民们农闲时聚集在打麦场上自娱自乐的场面，完全一个"从群众中来，到群众中去"的民间艺术形式。

　　重头表演戏是合阳提线木偶戏。这是合阳县特有的古老提线木偶戏，也是首批被列入国家级非物质文化遗产保护名录的地方艺术。看台上，年轻的姑娘小伙，用提线操纵着各种偶人角色，惊艳的亮相让观众禁不住直称"稀奇"。线戏艺人巧妙地运用提、拨、勾、挑、扭、抢、闪、摇等技巧，赋予木偶以艺术生命。使偶人栩栩如生，活灵活现。特别是一出完整的传统戏《百宝箱》全本，提线艺人在台上演活了一个缠绵委婉、凄美幽怨、梨花带雨的杜十娘。只见在左侧台角，一个年轻女子一边手脚并用地操持着鼓乐伴奏，一边用线腔（合阳提线木偶戏专用的声腔）声情并茂地唱着戏文，其曲调苍凉悲壮，唱腔哀婉凄清，丝丝入扣地诠释出杜十娘痛断肝肠的情感舞台形象，以至于坐在台下的我被感染得入了戏，几乎忘记了自己到底是在看戏，还是已成戏中之人。

　　值的一提的还有唢呐演奏。吴天明最后一部电影《百鸟朝凤》中的唢呐曲就是他们原班人马演奏的。回到西安，我迫不及待地又重新看了这部电影，影片结尾处，在焦三爷墓前那一曲《百鸟朝凤》悲鸣到长天落泪，山河欲碎，连树木和小草都为之荡气回肠，直听得我满脸是泪……

我感动于合阳民间艺术的人性之美，感动于他们以善念为本，感动于这些来自最底层百姓表现出的真性情，只有保有真、善、美的艺术才是这个世界源远流长真正的瑰宝。

我相信每个人在行走的故事里都会有一段刻骨铭心的记忆，让你在以后的日子里碎碎念念地回想，而合阳的民间艺术正是我心中的那一抹一往情深。

合阳，这个让人留恋不舍的鬼地方！

肆·此情与风月无关

此情与风月无关

　　我真是不懂画的，只是为了附庸风雅，便有幸结识了一些画家朋友。更加让我诚惶诚恐的是我怎么就答应了侯廷峰老师，为他的画作写点东西，现在思来，点头应承的那一刻，身体是处在一个丝竹乱耳的环境，大脑里某一部分神经也就如梦幻般搭错了位置，自然就不知天高地厚起来了。

　　既然有了承诺，也只有胡乱凑上交差了。

　　想起来就心虚，尽管便寻周身上下找不出一颗艺术细胞，我却云里雾里似的喜欢彩墨。不过，我倒也真实，但凡看朋友画作，就只站在画前，静静地看着，尽量在那一刻把所有的大脑皮层激活，尽可能从面前的画里发现些什么，并从中获得启发和感悟。

　　侯廷峰先生在西安办画展期间，我两次徜徉在气派、宏大的省美术馆里，徘徊在侯廷峰的巨幅花鸟画间，静静地看，细细地读，深深地悟……

我似乎看到——

侯廷峰从陕北的黄土高坡上从容走来，他是土地的儿子，他用水墨写意着他的天然气息，那种特有的率真和豪情，有时很让人感动。他的内心充满了阳光，他用笔墨一次次颂歌着秋的收获，这收获是沉甸甸的，千真万确，瓜影香魂，秀逸有姿，清雅馥甜，满篇满幅弥漫出农家丰收后的宁静。一瓣一叶都是语言，熠熠生辉的笑容制造着亲切的效果，呈现着无尽的花香与瓜果之香秋的盛宴。

古代花鸟画，多以梅、兰、竹、菊为题材，轻点笔墨的写意中无不流淌出文人骚客的小资情结及浪漫情怀，而侯廷峰的花鸟却酣畅淋漓地展现着丰富的自然景致。我贸然地想象，在侯廷峰诗情画意的内心世界里至始至终贯穿着对土地的热爱，才会浓墨重彩地复现出饱满欲坠的一树红枣（取名《陕北特产》的水墨画），才会有葡萄熟了跃然纸上的时候（《大珠小珠落玉盘》），也才会有一而再再而三对金色秋韵的渲染。硕果累累是侯廷峰画中一个强烈的主题，当你的视觉一次次被这个浓郁的焦点冲击时，你会为墨与色背后的这一颗赤子之心而动容，这是画家最浓郁的感情寄托，他用朴实、厚重、大气的泼墨和线条，表现出一种自在、自我、自然畅达的情趣。

与数丈巨作的花鸟画相比较，我却独独喜欢那几幅山水小品。他只是以水墨在宣纸上的笔下运用，就缭绕出云在青山、月在天的清幽佳境，绽放出一个和谐、清雅、静逸的人间仙界。还有那一幅幅如帆的扇面，在凭海临风中亭亭玉立，一如留着及腰长发、穿着如雾如纱紫衣的豆蔻少女。

繁荣与沉静唯美，有时候会相融交汇，侯廷峰的花鸟画就是这样，既充满了蓬勃的生机又具备明洁清润的美感，呈现出一种朦胧而充满诗意的美。

面对雅洁的画面，心里有一种暖暖地感觉，这感觉孵化着我的思索。画的意境在人，诗言志，歌抒情，画比兴，画家是需要具备一些类似于文学的旨趣，画家的心里一定还得有诗兴，执笔作画之时才会有题，才可以更好地申其比兴，以寄寓画家的独特情怀。

中国水墨画是中国人最浪漫最古老的元素，那不着一字尽显风流的艺术语言，直指人心。置身于侯廷峰拓展出的彩墨田野，我静心聆听，画里画外飘浮出花开的声音，应该还有树木拔节的声音。我们每天醉心于匆忙的步履，能听见追逐的声音，能听见紊乱的"心律不齐"，却听不见静静流淌在我们耳际的大自然纯净曼妙的声响。在侯廷峰的花鸟画前，我突然感到了万籁齐鸣，空谷传响，听到了拨动着生命的旋律。

　　此刻，当轻柔的指尖就要触及键盘的句号时，我便心生出不尽的期盼和遥远的希望——彩墨在继续……

傅强的铁艺会说话

　　贾平凹说："我们不能简单地把傅强归类到油画家、美术家、陶艺家甚至作家，他是游离于各家中的大家，他是个创造传奇的人，他能把艺术圈子小众的东西神奇地变为大众的东西，所以我们常常看到他的作品在生活中。"

　　这几年时间不断地被傅强先生的金属塑雕作品耳濡目染，但每一次遇见，我都一如初见般静默于这些冰冷、残旧的各种金属部件前，进入到他们的语境世界，聆听铿铿锵锵的诉说。

　　废弃了的金属零件，似乎已经完成了它的历史使命，但在傅强先生的意识里，这些寻常物件还存在着时间不曾带走的东西。它们不是诗，它们也不在远方，它们如同天气，或凉爽，或温热；它们如同集市，或喧嚣，或寂寞，而每一个物件都是独一无二的生命体。

　　于是，傅强先生便通过自己的情感、思想、技能、技巧将自己内心世界的发现和追求赋予了这些冰冷金属的第二次生命。

　　傅强先生的每一件作品，都尊重了物件本身的个性特征，在其冰冷、残缺的表象下，他用自己的温度、活力和生命，释放出能够被感知和领悟的精神轨迹，借助火的力量，使这些废弃金属涅槃重生，灵性也随之各就各位。

　　人世间，千般感情皆有温度，万种物体亦有性格。傅强先生的金属雕塑艺术始终坚持与自然之道相符，除了无穷的想象力和创作技能，尊重与爱才是他的核心。都道是，三分原材料，七分是工艺。除此之外呢，我想，恐怕还得有十分的诚意。

　　正是因为用温度、活力、诚意与爱再塑出的生命，它才能够活灵活现地立于你面前，与你喃喃细语。我仿佛听到那"灵长类的智者"在吟诉着盘古开天地的绝唱；而那"犀鸟"仿佛要跃进你的脑海告诉你今世来生的故事；黄昏下，坐在"相濡以沫"上的两位老人唠叨着一段段尘封的往事……我聆听着铁艺里的悲欢、笑语，过往的喧嚣和荣光，哪怕一切成殇，也在我的心里呼应出生命的感慨，那一刻我忽然变得无比宁静。

　　艺术是对日常生活的"淬炼"与升华，而艺术家对自己的"淬炼"与升华，就是让他们的作品回归到平心静气，回归到你我的身边，如老友般相见。

　　傅强先生的铁艺作品看似抽象，其实都是他从生活的细节中观察所得。他永远保持着一颗童心，随时闪亮着一双好奇的眼睛，所以他才会在一堆废铁里闪现出奇妙的灵感。傅强说："我对金属没有任何雕饰，但我会阅读他，发现他们的形态，这里面想表达的是对物品的情感，每个物品都有他的灵性。我想呈现的是生活中美的东西，艺术来源于生活并呈现社会、呈现生活。"

　　废弃金属为艺术家提供了无限的创造空间，一番自由随性的原创表达中，既多元而跨界，又充满着流行时尚的青春动感，视觉的冲击让观者产生一种新的艺术体验，而透过作品背后蕴含的意义，也使观者得到了精神上的感染。

　　艺术是跨越时空的最好媒介，对废弃金属的艺术创造，是这些冰冷、残旧的钢铁部件有了生活的烟火气，也是社会变迁、历史进程的最好见证。随着它们各自娓娓讲述的故事，抽象成时代文明的高度，呼应与映衬着每件作品的无尽意象。

　　时间留下美丽和一片狼藉，庆幸我们还有运气通过艺术家的再创造看得见曾经的情感。

真情真性马河声

踏着春的节奏，"'万象'马河声书画甲午作品展"隆重开幕。我提前了一个多小时来到展览现场，只为在人声鼎沸之前悄然地、静静地享受一次心灵的艺术之旅。

走进贾平凹文学艺术馆宽敞的展厅，扑面而来的是满纸烟云的情感宣泄，直抵心灵深处！楼上楼下悬列了百余幅马河声的平尺小品，驻足在每一幅水墨画前，凝神聚焦，我犹如独自一人走在粗犷的大山与清幽的乡村小道上。白雪皑皑的山道，潺潺流淌的小溪，蜿蜒的乡间小路，炊烟袅袅的红砖农舍，还有在池塘中追逐嬉戏的野鸭……仰面闭目，仿佛身心皆已徜徉在远绝尘嚣、桃红李白的世外仙境里，不由得脑海里蹦出几个关键词来：淳朴、生动、自然。这正是我梦寐以求的感受，我深深地陶醉其中。

都道是画如其人。这个生长于黄河岸边，被黄河水养育出的才子，血脉里天生就流淌着淳朴、敦厚、豪爽、激情四射、坚忍不拔的真性情。而他这一切的生性品格始终如一地贯穿在他的作品里。与马河声相识有十多年之久，虽联系不多，但河声与人交往，坦诚率真，他的乐善好施是圈里人人皆知的。凡叩门者皆为友，一声秦腔黑头亮嗓"来了，坐"，随之茶杯便递到了你手上。以真换真，毫无半点遮掩矫饰，施诚得诚，故之常常高朋满座，挚友颇多。说他是才子，更不为过，书画诗文信手拈来，艺术评论高超独到，做主持、吼秦腔、演小品无所不能。

情从生活出，意自朴实来。这个母亲河养育出的才子，用他的笔墨渲染出浓郁质朴的乡野风情和对生活的热爱，回馈给生他养他的这片土地。展出的这些画作虽然尺幅不大，但承载着天然恬静的乡野符号和生活气息。他把生活中的艺术和艺术中的生活和谐地揉搓在一起，用诗情画意镌刻在雪白的宣纸之上，使观者自然而然地以生活的视觉从艺术中去体味生命的意义，又在艺术的结晶里感悟出画家精神家园的栖居地。一只叫不出名的小鸟独立于平尺的宣纸一角，大量的留白使观者产生出无限的遐想。鸟儿若是呆滞着，断然唤不出观者的共鸣，可贵的是，河声画出的小鸟，天性灵动，那忧郁的眼神似在探问穹顶之下"霾"为何物，怎让它翱翔的天空灰蒙蒙一片？又似在求索，冬天到了，春天还会远吗？！当然，马河声的作品更多洋溢出的是诗意田园，是人文情怀，是内心奔放浪漫的情愫。一幅集市小品，浓缩了乡村几百年来传统集市风情，主画面是饸饹床子架在热气腾腾的大锅上，操持劳作的人，端着粗瓷大碗埋头海吃的人，看热闹的人，以及一旁吆喝售卖农产品的人，在马河声的笔墨下五官几近于一团墨疙瘩，但每一个人的神气都活灵活现地彰显着风景这边独好的内心表达，各自成趣。整幅画面透视出集市的热闹、喜悦和满足，体现出画家以内心对生活的热爱去成就自然主义最为朴素的审美。

从马河声的画中，我看到的是平凡朴实，是真情真性，是一种人间大美的升华！当画家于朴实平常的景物中，意象出生活内在之美好，表达出生命最原始的激情燃烧时，我禁不住要为画家丰富的创造力伫立致敬。

我不画画，对于国画也知之甚少。虽然喜欢马河声的笔墨，但这么多年来，始终没有勇气为马河声的书画作品写点什么。从十五年前贾平凹的那篇《推荐马河声》的名文开始，至今日有关"'万象'马河声书画甲午作品展"有三十多篇艺评，陕西的名家、大家都在为马河声的书画著述评说，鼓掌叫好，我就更没有勇气作文了。可看了画展，带给我的不只是视觉审美上的愉悦，更多的是心灵上的温润和感动，随着这感动的叠加渐渐生长成了震撼，一种触及灵魂的不得不说的震撼，所以，随手记之，难以尽意。

林深不知处

　　从一个书画家的艺术形态看这个书画家的艺术心灵，其中一定有他有迹可循的性格使然。从何炜的书画作品里我明显地看到了一个内敛、深沉而静穆的灵魂。

　　第一次应邀观赏何炜的画展，动身得迟了，急匆匆驱车驶过喧嚣的市区，来到郊外一处经历过波澜壮阔、轰轰烈烈的历史而今被时代废弃了的纺织车间隔成的画廊，扑面而来的是呈现出真实与自然的写意画面，不由得少了浮躁，多了静谧，放慢了脚步——观之。

　　有人说过："艺术的目的是多元的，可以反映生活，可以突破现实，可以愉悦人心。"何炜的画作该是实现了这些诸多元素，并且引领观者走向一个还原自然、超越自然的氛围。

　　面对何炜的作品，一种深沉的宁静直抵心灵深处。他的画作非大山大水，但每一幅细腻的水墨都再现着生活的节奏和韵律，使画外的观者自然而然地把自己交融于画里的世界。镜像里满山遍野的绿在行走，层次错落的叠翠，疏密有致；时有山泉、小溪清凌凌的流出，悦耳的声响，宛如动情的歌谣，或现于岩隙，或隐于山谷；泉涌，让山林生动，深远；不知名的山鸟，或翔飞，或鸣啼，或梳理斑斓的翎羽，动静皆是风景……接近何炜画作的过程，不禁让人想起"林深不知处"的古诗来，便从心底弥漫出一种安然，离了浮世，远了红尘，怡然自得。

　　这之后，我又陆续看到了何炜其它作品。原来何炜不只是擅长山水，他的花鸟，他的人物，无不透出明洁清润的美感，画里画外彰显的依然是一个"静"字。《夜读》用一种超凡脱俗的节略手法，让一个老者秉烛夜读的背影轮廓盈动出柔情万千，使生命跃入苍穹并进入更高境界。"一个老者独坐的背影、燃烧的烛台、摞着的和摊开的书"，画面上可以说极为平淡无奇，然而它的妙处也就在于以自然平淡的笔调，描绘出深夜秉烛夜读的清幽澄净的意境，使得以自然、平淡为特征的风格美与清幽澄净的意境美起了相辅相成的作用。这种融情景为一体的创作蕴含着一种特殊的艺术魅力，使其漫长的寂静承载着无限的喜悦。

　　观这样的画，尽可以想入非非了。就记起了唐朝诗人王维的

《竹里馆》，"独坐幽篁里，弹琴复长啸。深林人不知，明月来相照"。情绪在画和诗中酝酿，仿佛置身在意兴清幽、心灵澄净的状态下与竹林、明月悠然相会，相互触碰，相互靠近，幻化成一个一个的慢动作，延长心灵静穆、静谧、静雅的体验。

静，是一种气质，也是一种修养。宋儒有诗："万物静观皆自得，四时佳兴与人同。"唯静，才能观照万物，才能对人间生活充满盎然的兴致，才能与大自然的距离缩短再缩短。从何炜的画作里似乎能看出，年轻的他，就已经有一点儿隐逸之气了。

无论如何，我喜欢这种山重水复的宁静。因为心里的柳暗花明，我就更加迫切地期待，看到何炜寂静与光影明暗衬映的新作。我会停下脚步，放缓呼吸，保持静默，听凭作品娓娓道来的引导，任由画面萦回脑海，让它占据全部身心……

率性钟镝

（这篇写钟镝的文章过去时间太久了。如今的钟镝已经是西安青年书法协会主席、西安市政协委员，也早已成人夫、人父，成名成家成熟了。我们相交得更多更久了，他的书法、篆刻的造诣也更多了古气和拙朴。这几年间三番五次冒出新写一篇对钟镝书法、篆刻艺术感怀文章的冲动，但又恐多了理论的认知就会缺少了感性的纯粹和质朴。从内心讲我还是喜欢这篇情感真挚的表达，收在这本书里，也算是对钟镝年轻岁月的赤子情怀再次致敬。）

西安酷暑，橙色警报八面开花的那一天，我接到钟镝打来的电话。他对我说给我的印章已经完成，随时都可以取走。清凉顺耳入心，用一个"感动"是表达不尽的，要知道，这才是我与钟镝求印的第三个日历日。

　　和钟镝相识该是第四个年头了，求一方钟镝治的印也可说是狼子野心早有预谋的，那一日乘兴道出此意，钟镝立允，马治权老师一旁却调侃："你既不写书法也不泼墨作画，要的印作甚？"我随意附和道："将来是要向马老师学写毛笔字的。"其实私心泛滥：年轻的钟镝算不算名人我不知道，可许多名人大家都以持有钟镝所治的印章为自豪那是千真万确的，用数学最简单的推理求证，当 A 等于 B，B 又等于 C 时，则 A 等于 C。结论：钟镝就是名家！一把年纪追一次星也算赶一回时尚吧。

　　钟镝善书法，精篆刻。如果说迈克尔·杰克逊的舞和声音是被上帝与撒旦联手亲吻过，那上帝和佛祖也一定联手关照过钟镝的那一双手和那一颗心。从技术的层面上对书法、对篆刻我都不能说三道四，专业知识的匮乏真的令我无地自容，但这并不妨碍我用心去亲近翰墨与金石。看着钟镝最新出版的《心经》篆刻作品集，我一如看到自远古而来的一座佛塔，这佛塔的砖瓦少浮躁多安谧，少虚华多沉静，少芜杂多清澄，这夏日炎炎的空气好新鲜好湿润啊！

　　钟镝的书法也一如他淡定自然、娓娓道来的叙说。一横一竖都透出其古典的立意，让你在恬静之中体味通幽的深刻；一撇一捺都彰显出其崇尚真情、崇尚善良、崇尚美德的精神力量。仔细推敲钟镝书法中的一句一字，甚至可以让人自省，可以让人检视在这个浮躁的社会里你的精神世界是否达到了一个相对的高度，是否能与这样的意境相称，是否也能胜任面对错落、疏密、黑白相互交流和相互关切的渴望。

与钟镝相识相交，更多的是分享他的率性和真诚，这个在万千白纸黑字间陶冶性情塑造灵魂的青年，无数次述说起少年时就酷爱书法和篆刻的情怀，那悠缓柔和又最具感染力的描述逼真在心里，露出一种本质的绚烂和激昂。

黑白应该是风情万种的，可以雅得让人肃然起敬，也可以野得让人心猿意马。但只有热爱，才能撷取精华，这是伪装不来的。不是每个人都能坚持自己当初的生活理想，屈就于生活是很多人无奈的选择，但不包括钟镝。钟镝把对书法和篆刻刻骨铭心的热爱作为追求知识的兴趣，一路走来，才愿意探索世界的秩序和美感，才能够陶醉于种种神圣的发现，也才能够学会对自然的敬畏、聆听和进行个人的创造。也正是有了这种兴趣和乐趣，我们才见识了一个特别能沉潜和安静，也能耐得住寂寞的钟镝。

人生最底层有一个好处，就是无论从哪个方向努力，都是向上。钟镝经常低调地把自己比喻成什么都不是的无业者，我敢保证，他不是作秀，他是在真诚地蓄积力量，感知世界的神秘与境界，感受人生的诉说与呼唤，感悟翰墨与金石的秋水与天长，向上，向上！

　　一遍遍翻看着手里的《钟镝印痕》，我想象不出我的那两方印痕会是怎样的柳暗花明，但可以坚信的是，那一刀刀一笔笔刻画出的虚实与空白的脉路一定会充满了率性与自由，真诚与灵动。

点墨满庭芳

　　时间真是不经晃，一晃我认识侯廷峰先生已经五六年光阴了。这五六年时间里我们见面不多，但每一次见，谈话内容所涉及的除了绘画还是绘画。

　　他脚步匆匆行走在西京和北京两地，或讲学，或写生，或与师长同道研习画技。但他没有一日离开他的画案，他孜孜不倦地将他的绘画艺术从一个平台推向一个更高的平台。

　　我不懂绘画，却喜欣赏。每一年我们都会集中一个时间，约三五同道去看他的新作。每一次在他工作室看画，当他展开巨幅画作时，我都会有一种强烈的震撼感，随之便会生出一种冲动，想为他的画作写点什么，每看一次，这种愿望就冲击我一次。但写他的文章太多了，且都是美术评论界的权威人士，或是中国画界的大师级人物。他们所写的文章从"气象"到"格局"，从"笔法"到"墨法"，从"色彩"到"形态"无不涉及，且各类文章也是亦庄亦谐、亦雅亦俗，尽显千秋。如此情势下，我这个圈外人还想写出点新意确实很难。但面对廷峰先生的画，那种有话想说的愿望一次比一次强烈，不敢班门弄斧，但就此罢手亦不心甘，只好暂且放下，便一年又一年地等待灵光闪现的时刻。这一等几年时间就过去了。当然，等着也没闲着，有时间总会去翻翻他那些活色生香的书画作品集，在观赏和品味中慢慢沉淀自己的感受。

读廷峰先生的画，我的理解是分阶段的，但每一个段落却都有着一致性的目标，那就是对中国画传统的追求。应该说，他在这么多年绘画作品的创作中，其实是非常理性的，他有着自己明确的坐标。这个坐标其实非常重要，是一个画家气血和灵魂中的精髓，是一个创作者学习传统，与古人进行神交的漫长而艰苦的过程，也是一个求索者要从传统里寻找与自己相匹配真正的中国传统水墨艺术的血脉，并以此为自己的创作供氧。

黄宾虹先生在谈到对艺术的品鉴时曾说过，首先要看它所散发出的气息，气息入眼之后再看笔墨。因为不懂笔墨，我只能从跳入眼中的第一感觉锁定作品中所散发出的格调，再从所描绘的万物表象去体味作者对大自然的脉脉情深。

初识侯廷峰先生的画，看到的是一派激情燃烧的岁月。满目呈现出的是春的蓬勃，是夏的莺歌燕语，是仲秋硕果累累的丰收景象。艺术的真谛在于传达美好，表现真诚。这时的作者正是青春韶华的年岁，画像让我看到的是作者不坠鸿鹄之志、点墨襟怀的人生寄托。缤纷色彩闪现出的美丽，淋漓尽致地挥洒出作者兴趣、情操和精神共鸣的华彩乐章。

再之后，出现在我眼前的一批画作却峰回路转——是一张张巨幅的苍松和巨柏，是泼墨的秋荷，是山路蜿蜒，是山顶高远挺拔、树木枝叶彰显骨感的萧瑟山水。中国画最神奇的地方就是画家内心情感的酝酿可以通过毛笔、宣纸、水墨等载体在绘画这个过程中把它具像化。这一系列作品黑白灰相互辉映，和谐苍润，波澜起伏，恰似乐章的变奏，使我读出了作者对绘画风格的一种新思考，一种力求突破、上下求索的心理驱动。

又是两年时间过去。他不断画，我不断看的是一批清新雅致的画品。这是一个崭新的境界，他那些绿叶红花，柳丝夏荷笑闹在自然的天地里。画面的色调轻重、笔墨虚实、节奏韵律都讲究在画里了，看似无规无距，心境却超然物外。从这些画中我似乎读到的是淡定从容，是温和喜悦，是画家与世间万物的倾心相恋，是画家对大自然游目骋怀的情思，仿佛一缕阳光，柔和地洒在心上，亮丽了一切。读着读着，心，突然就跳脱了出来。这该是作者生命中最婉转低回的乐章，也该是廷峰先生内心成熟丰富、精神升华的最华贵的交响乐章。

我家里悬挂着廷峰先生的墨荷条幅，是几年前我们初相识时先生赠我的作品。这幅作品廷峰先生用大写意的手法渲染出荷花含苞待放的姿态，画面表达出了浪漫、唯美及生命向上的力量。以硕大的荷叶做画面的主体，使人联想到温暖的、淡淡的、阳光照耀下的繁花似锦的春天。

廷峰先生喜画荷花。这之后我也看到过了的几幅荷花图，却有了明显的区别。画面多以秋荷呈现，寂静的荷塘走过了夏的灿烂归于宁静，在一种生命形式的终结中，让人体会生命本身的价值，发人深思。作者的思索与惆怅以一种强烈的视觉冲击迎面而来，引发观者的灵魂思索。

今夏的荷花格外绚烂，画面带给我们的既是热烈的表达，也是深长的沉默。整幅画面色彩强烈而和谐，色调统一，表现手法朴实自然，所有想说和说不出的话，全都在这花和叶的呼应里了。如此一幅丹青的模样，每一个笔触，每一滴水墨，都像至爱的眼神，最纯粹，也最复杂。观者从中感觉到作者在表现中渗透着浓郁的感情色彩，每一次创作都是在对生命的诠释和强烈地感动中完成画作。

卷荷忽被微风吹，泻下清香露一杯。

花和叶都是一种记忆方式，他一定是炽烈地热爱着生命的人，否则不会奏出如此激昂灿烂而又深沉恬静的乐章。

这就是生活，在爱中过日子，在过日子中，寻找自己喜欢的状态。这种状态，自然朴素，不着痕迹，画里画外却包含了一个人对生活的观察和人生的体悟。

有一位哲人说过，"一事能痴皆少年"，而书法绘画更是强调以时间换空间，是需要厚积薄发的。坚守艺术的追求其实是一条寂寞之道，选择沉浸于故纸中揣度先贤心迹再以时代的笔墨将其发扬光大的艺术更需要耐得住寂寞。绘画不论怎么说，就是要有一份诚心，有一份无怨无悔的爱。

我知道，侯廷峰先生对绘画是动了真感情的。否则，在这样一个浮躁的社会，在这样一个物欲横流的时代，能够费神费力坚守在对一种梦的追求，能够将自己一生都交给绘画事业的人，那就真有些解释不通了。正因为他对绘画艺术的热爱，因为他对绘画艺术的坚守和坚持，因为他对绘画艺术的执着追求，以及因了能与他喜欢的事情在一起而比旁人多了几分珍惜，多了几分用功，于是他的画，就多了几许淡定，几许从容，也才让我们看到了一个画家在逐渐蜕变成为有思想、有传承、有文化内涵成熟的画家。

每一种生活，每一条人生路，都是上天赐给我们的礼物，用心耕耘浇灌，终会绽放出光彩夺目的生命之花。最后，我深情地祝福侯廷峰先生在人生的光谱里，一生所添的颜色，缤纷绚烂，耀人眼目。

樱花细语

　　每年的三月底四月初，正是古城西安樱花盛开时节。

　　樱花开时，花团锦簇，五彩绚丽，但花期不长，也就六七天的光景。一夜风雨，满树的樱花便会纷纷飘落，花落满地，宛如一场缤纷落英的"花雨"。灿烂樱花翌日就会画下句号。

　　今年的樱花盛花期因了何炜的"水墨樱花"方显得格外绵长。四月间的唐园长廊里樱花盛开，落英缤纷，芳草萋萋，姹紫嫣红，到处充满了樱花的气息。恰似"小园新种红樱树，闲绕花枝便当游"。

　　观何炜的"水墨樱花"，亦如春雨摧花落满宣纸，淡淡青翠欲滴芳菲，却又似春深绿陌更胜处，淡妆浓抹总相宜。

　　与何炜聊了，方知道水墨是不限于虚实的，却关乎境界。虚者，幻境也，实者，真境也。

我以为，画家的画如果趋于写实，那一定是自然美景打动了他；而亦有真境为幻，虚境如真者，那也一定是从写实中脱颖而出。只有从写实中一次又一次的提练与升华，最终才能赋于艺术真正的个性，将自然升华为永恒的美。

樱花开了，开在何炜的笔墨里，有人看见了春天，有人看见了烟云往事……

我喜欢"水墨樱花"中的几幅小品，由色彩到水墨，一直沉浸在自然的静谧中。由静而净，一尘不染。这种落尽铅华的澄净，是自然的镜像，是对了我的心思的，也是何炜的心像写照吧。

生如空梦，艺术不过是朽世繁华的一枝栖处！观何炜的"水墨樱花"，那种气韵之美、诗性之美真的令人感动。

我终于弄明白了，画之所以卖得那么贵，不是因为画框，画布，也不是因为精湛的画工，而是因为画背后所传递和承载的文化精神。山水画本就在烟霞之外，花鸟画也只是借花传情，托物言志，重在情志而不在花色。

樱花的花语是宁静的，也是神秘的。看何炜笔下的樱花，风情万种，千言万语，欲语还休……

我不由得生出感慨：虽芳菲已散，郁香还故，此景凭谁诉。

天青色等烟雨

　　山水多情，瓷画有请，日子真是押着韵般的美好。于是，我换上一套民族风服饰摇摇曳曳盛装出席，只是为了与刘大墉先生瓷画艺术作品展搭调、契合。

　　诗经有云：如切如磋，如琢如磨。这正是应了大墉先生画的瓷瓶。第一见，亦如娇艳的新娘掀开了盖头，艳落双眼；第二见，阳光从瓷瓶的山水间穿梭明媚，照亮了因冬天已经干涩的眼睛，破土抽芽了因雾霾而久寂的芳心，喜溢心田；第三见，素胚勾勒出青花浓浓淡淡，无声，润物，漾漾轻波便细碎了一瓶冬意，又用线条勾描出了风姿绰约那兴奋的春妆，如痴如醉。

　　而当目光在这些瓷瓶中游历，那瓶上的青花，像一径幽深，即刻带了我的心思出行，走入另一重红尘。女朋友王春的言语又正和了此刻的心绪："看画家的卷上山水，神思一眇，意游神远。他又将山水倚瓶，造出案头景致，一室一瓶可得千里心怀。"无形的情感便在这山水间被描摹成可以辨识的符号，斑驳了一地的光阴，细数起流年里那些缠绕在心头的繁华，蓦然就蔓延出无法控制又有些暧昧的情绪，就有了"天青色等烟雨而我在等你"的心动。

我梦幻着奢侈地与你坐在这浅浅的岁月里，静静地守候着一片海，一片蓝天，放飞缕缕缠绕的情思，听瓶身描绘的牡丹嫣然一笑，看传世的青花瓷在泼墨山水画里自顾自美丽，然后，在彼此的心灵深处，种下一粒天长地久的种子，默默地耕耘，悄悄地成长……

青花有词韵："丹青妙笔玲珑，红莲凝炼清泓。纵红尘几度，谁解个中孤独。倾诉，倾诉，冷看天地沉浮。"这一刻，感怀的调子却有了超重低音效果的质感。但我还是喜欢这样的日子，釉色渲染，洁净素雅。喜欢这样的感觉，风轻云淡，自在悠然。喜欢这样的心绪，梦般恬静，水般柔情。

如此，我要央求画家再去画瓶时将我入画，把我画成远去的秋雁，画成阳春里柳芽的窃窃私语，画成静美的落花和不回头的流水。墨迹过处，心照而宣。

蹉跎之秋

——观话剧《立秋》有感

　　大幕徐徐拉开……

　　一位饱经沧桑的老人手牵着一个可爱的孩子缓步走出，被金光点染成秋色的叶子在瑟瑟的风中打着旋儿地飘舞下来，一片、两片……片片落叶……一叶落而知天下秋啊！

　　立秋的时节到了，秋之君翩跹来到人间。

　　话剧《立秋》就在老人、孩子、落叶飘飘的氛围渲染中拉开了序幕。

　　秋是宁静的，秋也是雅致和惬意的，秋更多的是成熟和庄重；可也称"多事之秋"，《立秋》之秋皆"多事秋"之魁首。

　　时光倒流至民国初年的一个立秋时节。时局动荡，国运衰微，晋商之盛名天下的丰德票号遇到了生死存亡的劫难，陷入了众多客户挤兑、天津分号被烧、大批国内外借款不能收回的困境……
所有的故事都在立秋这一天发生了，几辈子的爱、怨、情、仇都
在这一天被落叶的经纬编织成曾经的沧海，那秋澎湃到了这秋。

《立秋》全剧以丰德票号总经理马洪翰面对票号生死存亡的
考验，恪守祖训，循规蹈矩，独撑危局，誓死为丰德护碑，最终
因为悲剧性的时代而毁灭的故事为主线。其中夹杂着传统与现代、
忠诚与背叛、个人与历史、封建家族与现代爱情的种种纠葛，淋
漓尽致地演绎了一段曾经辉煌无比的晋商名门由繁荣昌盛转向没
落的历史兴衰。

没有矛盾就没有戏份。剧作者以特定历史时期的大矛盾作为
切入点下笔，以高密度集中的处理手法在"立秋"这一天浓缩了
诸多矛盾焦点：时代风云变幻中，晋商的辉煌衰败，国仇家恨，
儿女情长……大矛盾中镶嵌着小矛盾，重重矛盾不断冲突，丝丝
入扣、环环相连，使得整场剧情尽显十足张力。尤其是尾声，序
幕中的场景缓缓再现：立秋了，金色的叶子一片一片从大树上飞
扬着飘落下来……老人、孩子、落叶在聚光灯下静默在舞台中央，
伴随着天籁般的童声，"后来呢？后来呢？后来呢……"孩子反
复地询问，隐约而沉重地敲击着观者的心灵，唤起了人们对于曾
经辉煌一时的晋商由盛转衰的悲壮命运深深地思考。

很久很久没有这样看过表演了，随着剧情的跌宕起伏，人物

命运的悲欢合离，我哭着、感动着、惊叹着、沉重着。当剧情再度掀起高潮：风雨飘摇的丰德票号在立秋之际在劫难逃，山西商人视若生命的"诚信"即将崩塌，老太太将祖宗积攒了十三代的家底悉数拿出以维护晋商"纤毫必偿，一诺千金"的信誉。当她最终含笑驾鹤西去时，又是何等的撼天地，泣鬼神！

而今，一些貌似高尚的商贾，却是以赚昧心钱为人生追求的不耻之徒。真希望晋商曾经的企业文化承传下去，世世代代！

"天地生人，有一人应有一人之业；人生在世，生一日当尽一日之勤。"

"勤奋、敬业、谨慎、诚信！"

天凉好个"立秋"！

"凄美"有多美
——观舞剧《大梦敦煌》之感

20 世纪初，敦煌莫高窟。

这是一百年前的一个平常的日子，看守莫高窟的道士重复着日日不变的拂尘，偶然间发现了一个藏满经卷的洞窟。

当他在浩如烟海的遗书中打开一幅画卷的时候，一个动人的故事如梦幻般展开了……

一场中国版的"罗密欧与朱丽叶"式的凄婉爱情故事自大漠中向我们徐徐展开……

剧情取材于敦煌的莫高窟和月牙泉。舞剧将久负盛名的莫高窟和月牙泉拟人化，演绎出一场远在天边的敦煌大梦，讲述了一个令人柔肠百转、气荡挥泪的爱情传奇故事。

青年画师莫高为追求艺术的最高境界前往敦煌，在穿越大漠的艰难历程中生命垂危，被偶然路过的大将军之女月牙所救。不久，他们相逢于敦煌洞窟，在对艺术的共同痴迷中萌生爱情。纯洁的爱情却遭到月牙之父大将军的反对，父亲逼迫月牙在名门望族中招亲。为了忠于爱情，夜黑风高，月牙出逃，与莫高在洞窟相会；金戈铁马，大将军率军追向敦煌，重兵围困。在血与火的面前，月牙坚韧刚烈，忠贞不渝，以自己柔弱的身躯挡住了父亲刺向莫高的利剑……月牙再次拯救了莫高，却付出了自己的生命。月牙走了，化成一泓清泉；莫高以泉润笔，在巨大的悲怆中完成了艺术的绝唱，创作出了旷世的杰作———敦煌飞天。

莫高与月牙，在苍凉、寥廓、雄浑、粗犷的音乐烘托下，用出神入化的肢体语言诉说着大难压身时历练情感的过程，用浓烈的笔墨和辉煌的色彩歌颂了纯洁炽热的爱情。月牙为了崇高的爱情献出了自己生命，乐章终结，一个凄美的爱情故事在艺术的波澜壮阔中被推向至高境界，而正是由于月牙的"死恋"，才使得观者在真实的虚幻中，感至热泪盈眶，叹尽情爱悲凉！

莫高窟千年不朽，月牙泉万代不枯；艺术与爱情，永远相伴、相守……

是爱是泪都是歌

——观新编秦腔剧《柳河湾的新娘》有感

　　这是一个被黄河涛声演绎升华出的杜鹃啼血般凄美隽永的爱情故事。

　　《柳河湾的新娘》取材于真人真事，为我们复现了一个战争年代凄婉感人慷慨悲壮的爱情悲剧。

　　该剧以女主人公柳叶与同窗恋人瑞轩拜堂成婚的喜庆场面拉开序幕，只用短短的几个场景就推向了以抗日战争、解放战争为宏大壮阔背景的叙述，缓缓道来了战争年代一个楚楚动人的年轻女子大情、大义、大仁、大爱的高尚情操，同时深情讴歌了在那尚未远去不能忘却的年代里，为抗日战争做出惨烈牺牲气壮山河的关中军将士们。

　　启幕的场景是旧式婚礼正在进行时，就在柳叶和瑞轩拜过天地、拜过高堂、夫妻恩爱一拜之际，日本侵略者进攻中条山的消息急告到喜堂。已经报名随时准备上战场的瑞轩顾不得掀起新娘的盖头就要奔赴前线，瑞轩母厉言阻挠，新娘柳叶却深明大义，在瑞轩的胸前挂上了一个亲手编结的同心结，只一句"你为国家我等你"就将未入洞房的情郎送进了队伍。

剧情随之展开，戏剧冲突层层推进。中条山临漪之战中关中军八百将士奋勇抵抗，终因寡不敌众，集体宁死不屈投进滚滚黄河壮烈牺牲。噩耗传来，支持丈夫上战场的柳叶即被婆婆视为丧门星，家庭矛盾也从此铺开。丈夫一去不回，而柳叶守在婆家替夫尽孝，一晃就是七年光阴。苦等七年迎来了抗战胜利，柳叶也在七年结婚纪念日的夜晚奇迹般等回了丈夫瑞轩，此时的瑞轩已成为地下党员，执行任务路过家门秘密回家过夜。良宵虽短却播下了爱情的种子，柳叶因有了爱的结晶而欣喜，却无法言辩，致家庭矛盾、家族矛盾升级激化。

一诺千金，柳叶严守秘密，蒙屈受辱，九死一生，不惜毁己清白。她逃出家门，生下儿子，历尽磨难，仍初衷不改，大义凛然。三年后的冬至雪夜，被国民党军队追击逃亡的瑞轩偶然闯进了柳叶和儿子栖居的茅屋，急迫中听不进柳叶的解释，误解了柳叶的忠贞……瑞轩负伤被捕，柳叶闯进威严、阴森的祠堂，面对遍体鳞伤的丈夫瑞轩，将十年苦等的渴望，一腔爱恨情仇的激流像黄河之水倾泻而出，最后以羸弱之躯挡住了挥向瑞轩的木棍，献出了如花的生命……

《柳河湾的新娘》塑造了一个"等待美"的女性形象，却又不同于众多的传统戏剧中的等待形象。同样是苦苦守候，同样是凄婉惆怅，同样是坚贞情怀，《柳河湾的新娘》在女主人公柳叶身上赋予了更厚重、更具大气象、更有价值的内涵，它将一个女人对丈夫的爱和崇信，升华到爱其所献身的民族解放事业，体现出了审美最高层面的元素——崇高。

《柳河湾的新娘》音乐唱腔缠绵悱恻、优美抒情，舞美灯光意象环生，大手笔的空间运用使剧情深化、唯美、具象、空灵、可视度增强，使得观者身陷其境。充满互动的场景设置，让现场的感染力层层加码，让人不由得热血沸腾又潸然泪下。

剧终时，一个逐渐变色的空轿子，一对阴阳两隔的有情人，一曲荡气回肠的伴唱乐，让观者久久地沉浸其中，不肯离去，不愿散场。

正是：爱几多，泪几多，是爱是泪都是歌……

"英雄"是这样炼成的

——观美国大片《谍影重重3》有感

　　强势着所有的强势，包括缔造英雄，这，就是美国大片。

　　杰森·伯恩在《谍影重重3》中以他的机警睿智与超强的战斗力为《谍影重重》系列画上圆满的句号，也为所有观众炼造出了一个超级完美、无人能敌的孤胆英雄。

　　影片首先吸引我们的是其每一次打斗场面的迅速与利索。伯恩对付敌人从来不拖泥带水，狭路相逢，几个关键部位的擒拿，大力的拳击或是凶狠的扭转便可在几秒钟内克敌制胜。而且他十分讲求效率：面对一个，撂倒一个；面对两个，撂倒一双；面对三四个，就一并撂倒。雷厉风行的快打旋风之后，再看伯恩面无表情地走过地上横七竖八的敌手，把一个虚拟的英雄演绎得出神入化到了极致，那份久违的畅快让人心神为之一爽。

影片极尽全力地以伯恩为集中塑造点，无论是直接的动作，还是间接的心理刻画，以及所有其他从侧面对他的烘托描写，都将伯恩这个形象完整而又立体地挤压进了观众的意识中，为观众营造的代入感潜移默化地让观众不知不觉中进入了影片。观众仿佛身临其境，附体于伯恩。他用拳头、速度和智慧一次次地震撼着观众，同时，伯恩正面的形象与悲情的经历既召唤了观众原始的英雄心理同化又激发了人性潜意识中崇拜英雄的心理。

我们知道没有人可以直面伯恩的拳脚之后还能全身而退，除非伯恩大发慈悲；我们知道没有人能够追查到伯恩的行踪，除非伯恩自己跳出来；我们也知道无论伯恩怎么撞车、怎么挨枪、怎么跳楼，他总能活过来，除非伯恩……不，没有除非。

这一切就是美国大片的英雄强势，它让你理性的大脑皮层在虚幻和不真实的检索中酣畅淋漓地完全移情到了导演所设计的调度之中，让你欣喜地相信这一切都是真实的。

谍影重重寻谜宗。其实，镜头背后也清晰地加载了英雄的意义，他不仅和单独的自我有关，也和整个世界有关。《谍影重重3》中一些细节的暗示，如街头、车站、楼梯、走廊、无所不在的摄像头与精确的卫星定位系统，是想告诉人们，在号称高度文明的现代化强国里，利用高科技手段，侵略性地将人置于时时刻刻的监控下，隐隐透露出导演、编剧对现实的关注和用心。虽然没有直接鲜明地把这个严肃的道德讨论置于故事的焦点，却自然而巧妙地将超现实主义的英雄伯恩与现实批判主义的元素完美地结合在一起。

于是，一次次死里逃生的伯恩即使伤痕累累、身心俱疲，也仍旧要坚持上路……

"英雄"——在美国大片中炼成。

致敬梦想

　　实话说，因为一组剧照的色彩而萌生要去观一场话剧表演的想法，在我的人生里，真还是第一次。

　　谷雨节气的这一天，哗哗啦啦的中雨绵延了一个昼夜，令人的心情在感叹春将逝去时不仅微微生出些许惆怅。就在这样的雨夜里，朋友圈一组剧照应时应景地打动了我的心思，这就有了第二天必须追一场话剧现场版的行动。

　　对小剧场话剧《无果花》的剧情一无所知，只是从剧照的背景隐约觉得应该是在讲述岁月黄昏的一对老人用夕阳之心在翻晒人生曾经的历往。到了现场，随着剧情的展开，却原来是关乎青春与爱恋，生活与梦想的故事情节。

　　全剧都只由两个男生，一个女生在舞台上叙述表演，从青年到老年，老人一生的故事都在这儿了。观者在演员用全部身心倾情呈现的表演下被深深打动并随着剧情沉浸其中……直至演员谢幕，依旧回味悠长，且带着一抹淡淡的忧伤久久不愿离去，这也才有了剧终后主创与演职人员临台而坐与现场观众继续进行的第二场观后感的交流互动。

话剧整场演出保持着平静的叙事风格，几位主角的感情交集没有呈现出太多的戏剧冲突。看得出来，导演有意拒绝了大起大落、大悲大喜的情节处理方式，让幕起幕落、时空交错，都以生活中最常见的情景进行铺垫。也正因为剧情如生活中普通男女交往的常态，才能够让现场的观众情感代入式地融进剧情中，他们自觉或不自觉得将自己变成了剧中的角色。

尤其想强调的是舞美灯光效果对全剧的烘托作用，柔和的橘黄色调子贯穿始终，温情中彰显出宁静和深沉。这种色调，无论是青梅竹马的一双男女爱情表白时的情景，还是男女主人公伤痛别离的分手场景，都在情绪渲染、氛围营造和视觉美感上起到了画龙点睛的作用。而随剧情恰如其分插入的表达角色内心情感的音乐启承，让大华1935的这一场话剧《无果花》成为这个春天最美好的记忆。

这是一群有情怀、有理想、一路坚持自己梦想年轻的创演团队。我感动于他们对话剧的热爱和对话剧艺术的坚持和坚守，这在现今舞台表演的演出市场整体低迷的阶段，是多么不易的追求。他们跟随自己内心热爱的声音，勇敢而坚毅地守候了这个舞台，用青春和热情去实现追梦的愿景。我被这种执着感染，我为有这样一群愿意献身话剧艺术的年轻创演团队而振奋。无论这舞台多么小众，多么孤单，请坚持自己的热爱，忠于自己心中所愿，就如《无果花》结尾那一幕的场景：灯光柔和，音乐深情，简单、质朴，于无声处将梦想绘成了人生的背景。

　　当然，看完整部剧的演出，作为现场观众，我总觉得有些意犹未尽。在这部剧的艺术创作上，我觉得对几个剧中人物的塑造，从剧情到台词还略显单薄。若能将温馨与丁紫悦感情起伏的章节再多着一些墨彩，舞台效果的感染力会更加丰富饱满起来。再有，就是三位主演，尤其是女主角，也许是更多地将感情投入到肢体与情绪的表演上，而在声音的表演上稍显不足。话剧艺术中，演员的语言表演是最为核心的部分，话剧演员的感情更多的时候是用台词对白与声音气息的表演来烘托舞台效果的，其实，这也是话剧艺术不同于其它剧种的最独具的魅力。

　　我还是要为演员们的倾情表演喝彩，为走心的舞美灯光效果鼓掌，为大华1935的一场话剧《无果花》记住这个美好的春天。

　　致敬青春！致敬梦想！

浪漫与苍凉的绝唱
—— 观话剧《李白》有感

　　初夏的日子，第二届中国诗歌节在西安隆重开幕。举办期间，北京人民艺术剧院由濮存昕主演的话剧《李白》在西安人民剧院恢宏登场。我有幸观赏了首场演出，其角色表演的精彩令人都回到家里了还久久纠缠在历史与现实之中，彻夜无眠地在灵魂深处洞彻古今人生的共同感慨，不吐不快。

　　这是一部沉醉于自我韵味之中的传统话剧，闭上眼睛，诗仙李白阕阕古风乐府的吟哦就会使你连魂带魄都浸染在脉脉的情绪之中无法自拔。此等妙处，是无论如何也难以言表的。

　　这是一场素面朝天的呈现，没有波澜壮阔的跌宕起伏，没有现代化灯光舞美的炫耀陪衬，也没有三维空间大背景、大场面的切换。有的只是简单的道具、灯光和音乐的构建。眼前的明月、山石、渡船、幕府、闲庭；耳畔的流水、鼓乐、箫声、虫鸣……

加之光影与音乐的配合，便营造出一块穿越时空的新天地。在这个"触目所及，如临其境"的氛围里，最是勾人魂魄的就是演员出神入化的表演艺术，天衣无缝的舞台配合。

话剧《李白》讲的是李白暮年的故事。剧情简介是这样写的："公元8世纪50年代，唐王朝的巍巍大厦在安史乱军的马蹄声中坍塌了，诗人李白满怀爱国热忱，入了永王幕府，壮志凌云却未能洞烛其奸。不久，永王谋败身亡，李白获罪，诏判长流夜郎。一路冷月凄风，到了白帝城。因天下兵马大元帅郭子仪作保，李白遇赦，轻舟直放当涂。当涂的山水虽然淡泊了李白干世的热望，而平乱最后一战的召唤却又鼓荡起诗人报国的激情，他做出了惊世骇俗的壮举：以垂暮之年请缨从军。一叶扁舟漂流在大江月色之中，诗人悄然逝去……"

李白沉郁顿挫的人生并不像他飘逸的诸多诗篇那样灵妙和谐，编剧截取于文人自抒凌云壮志以图一番显赫功业的一厢情愿而终落得满腔"蜀道之难，难于上青天"的艰辛感悟之人生篇章来叙事李白。正是剑走偏峰，笔落奇处，再现了这个精神尽可以纵情天地之间的浪漫诗人在现实面前也只能被打击得沉浸在月与酒的悲凉境地。这实在不能不让人为其独特的遭际而深深叹惜。

观话剧《李白》，李白的饰演者——濮存昕的精湛表演荡气回肠，他把一个愚顽却又天真、豪迈壮阔、品性真诚的李白演绎得栩栩如生，把李白性格的分寸感拿捏得恰到好处。最动人心弦的是那场"江边独白"，精工细雕的表演，将一个坦诚可见赤子之心的李白渺小的个体延展到了天地亘古之间，使诗人从容地从历史进入到现实之中。当濮存昕浑然忘我地手舞足蹈于月影玉轮之下时，我们看到的是诗人已经达到了一种自我陶醉的至境，此情此景把我们这些俗世的凡人们远远地隔离在了那种溢于言表的情绪之外。"朝辞白帝彩云间，千里江陵一日还。两岸猿声啼不住，轻舟已过万重山。"平平仄仄的诗句，被一个浑厚苍凉的声音曼妙演绎得似真若幻，全然超越了任何具体的诗歌语言，进入了诗歌乃至于生命最本质的层面，导引着所有在座的观众在自我的空间中肆意升华为最接近于诗人灵魂的诗样情怀。管它悲苦，管它迷狂，我只看到一个李白用生命谱写人生最终的啼血诗篇。李白手捧酒杯，在江边"与君同消万古愁"时的苦不堪言；李白醉后舞剑的力不从心。濮存昕这些点睛般的舞台创作，使得一个活生生的旧式文人激越淋漓的气度风范跃然台上，在观众的心中荡涤起无数的波澜。

舞台最后定格的画面，是"李白邀月"。一代诗仙，悄然而逝，悲壮苍凉，令人叹息遗憾。

这一夜，李白就是濮存昕，濮存昕就是李白，又让人欣慰释怀。真是五味杂陈，也许，我们也需要时间，去邀月畅怀了。

戏里戏外齐爱云

　　大千世界里，人与人之间交往的亲疏，全凭缘分，所谓机遇与环境。如果没有这几年里我们以"铁匠铺子"的名义常常相聚，没有结伴行旅在山谷旷野的漫步和客舍灯下的长谈，没有心智的碰撞与性情的交融，我对秦腔名旦齐爱云的认知，就只能停留在舞台上的角色中了。

　　人生必先有痴，而后有成。这几年，我追着看了齐爱云上演的每一部戏，看她在台上每个角色都似本色出演的出神入化，我只有一个感觉：天生一个齐爱云就是为秦腔而降临世间的。舞台就是她生命的舍利，戏中的每一个角色就是她前世的轮回。我坐在台下，看着以戏为天的齐爱云，忽然觉得，操琴人的最高境界就是琴人合一，那么演戏的人呢，戏人合一亦是最高境界吧。

　　是她选择了秦腔，还是秦腔选择了她。或者说彼此选择，彼此成全。这是因缘，也是命中注定。齐爱云十二岁进入陕西省艺术学校开始学戏，是艺校恢复招生后的第一期学员，也是千里挑一出来的好苗子。齐爱云身体瘦弱，不爱说话，但性格倔强要强，干什么事情都要干成最好的。上了艺校，小小年纪的她，心无旁骛，所有的心思只扑在学戏上。艺校七年，她着装了七年的练功服，她很少回家，更不要说游玩和逛街，她几乎把所有的时间都投入到练功和学戏上。除了专业课之外，历史、地理、大学语文，乐理和戏曲理论，她门门功课优秀，是在校期间排戏、上戏最多的学员。

　　齐爱云主工青衣，兼演刀马旦，师承著名秦腔表演艺术家马蓝鱼、肖玉玲、李爱琴。中国戏剧"梅花奖"、上海"白玉兰主角奖"都被她包揽入怀。她是省戏曲研究院的国家一级演员，也是中国秦腔"四大名旦"之一。

　　一入戏门深似海，唯有真爱和深情最动人。齐爱云爱戏，爱秦腔，爱得如痴如癫。她是真的为戏而生，为戏而活，为戏而痴。庚子年最后的两天，坐在陕西大剧院里看齐爱云领衔主演的秦腔《焚香记》，当她在舞台上以五十岁的身躯从一米多高的桌子上抢背翻下来的时候，我知道了，她对演戏的痴癫已经到了登峰造极的境界。

　　台上她是舞着长袖悲情苦腔低吟浅唱的敫桂英，台下我是泪
花闪动随她悲欢聚散的入戏人。这是我第一次在舞台上看她漫舞
长袖，尤其是《打神》一场中齐爱云的独角戏，将戏剧表演唱念
做打美轮美奂、出神入化地推向了高潮。只见她正长歌哀婉当哭
之时，忽如间丈长的水袖甩将开来，似云烟、似飞流凌空而下，
漫卷寒风，却又如水墨丹青纵横之笔，张弛有度出绝尘而去的干
净利落。轻步曼舞时像嫦娥奔月，疾飞高翔处像鹊鸟夜惊。她就
这样用行云流水般长袖抒舞的表演，虚拟地将一个忽而情深沉香、
忽而情怨低回、忽而婉转柔糜、忽而张目嗔痴、忽而悲绝盛怒痴
情绝望的女子诠释得淋漓尽致……

　　有些人天生舞台气象，流光溢彩，只一出场，一亮相，整个
舞台就光芒万丈。有多少观众看戏，是冲着角儿去的，没有角儿，
那戏还会好看吗？那一日去观秦腔本戏《杨门女将》，我就只冲
着齐爱云的穆桂英而去。

　　当护守边关的先行官穆桂英披挂上阵，刹那间整个舞台光彩
夺目。只见她一身素白的戏服，背上插着靠旗，威风凛凛，艳惊
全场。一声唱下来，全场寂静，开幕之前那铿锵如暴雨的花样锣
鼓点声都是为她这一声高腔做的铺垫，做的开场白。那嗓音宽厚
明亮破空穿来，气息控制得恰到好处，不高亢，不撕裂，却是慷
慨悲壮，饱满生动，唱出了穆桂英的沧海桑田。再看她的武功，

一打马就是翻卷云涌，一翻身就是凛然英雄。一套挑枪的把式，满场靠旗飞舞，把个文武兼备的齐爱云显出了一种凛冽的妩媚。

扮演《焚香记》中的敫桂英，齐爱云只把自己陷进了角色里，这一般痴，这一般妖娆，却又温厚凄婉，就有了一个最美最自然的敫桂英。出演《杨门女将》中的穆桂英，戏服一加身，齐爱云就真正天生一个穆桂英。那个鲜衣怒马，沉稳端丽，英气十足。血肉丰满的不需要任何修辞，她就是。如此，戏里人生，人生如戏，说的就是她呢。

很多人都觉得优秀是因为有天赋。其实，天赋异禀的人很少，真正让他们出类拔萃的是全心投入和用心付出。齐爱云一辈子只专注地做了一件事——执着追求她所热爱的秦腔事业。每当人生道路面临选择时，她始终是遵循内心的声音。是经历了千锤百炼，才修得今天的炉火纯青。

演尽古今风流，那是舞台上镁光灯下的齐爱云。舞台下的齐爱云，没有风情万种，也一点不妖娆，每一次见她，都是素颜素服，长发飘飘。从长相到气质，从穿戴到举手投足，她的身上总是散发着一种特别质朴干净的气息，全无名角的傲慢与张扬。她不讲究吃，亦不讲究名牌穿戴，她的衣裙都是淘宝买来的，可她穿上好像是量身定制的，是只属于她的衣服，什么时候见了，都是一道亮丽的风景，且是唯一。

每一次见面，我们喝茶聊天谈戏，总感觉时间有限，总是谈不尽兴。生活中的齐爱云简单淳朴，不成熟、不老到，并且格外的重情重义。每一次说起她几位老师的名字，她的眼里就闪烁着女儿对母亲般的感恩和温暖，一个人的眼神是骗不了人的，她是从心底里念恩师们的好。知道感恩的人，是可以倾心相交的。

质朴内敛是人性之大美，亦是艺术之大美。她每次来到我们中间都会应大家的要求，清唱一曲。她对秦腔的倾心尽意，只要一开腔，深情自知，你就会为她瞬间进入角色的投入彻底倾倒。她的每一句唱腔都发自情感深处，受了她天然情感魅力的影响，听戏的人也就不由得入情三分了。

人生对事业孜孜不倦的追求，也会为生活埋下伏笔。认真演戏，清白做人，是齐爱云这半生的追求。她内心的孤傲苍凉，用生活中不激不厉的静默方式以抵抗世俗的粗糙。她把尘世中的烦恼和名利场的经历、成绩、荣誉、教训全都抛诸脑后，只一门心思痴迷在演戏上。只要能登台唱戏，齐爱云就像中大奖一样兴奋，才不去管是大剧院的大舞台，还是乡下那些已经废弃了的落寞破败的古戏台，她都能自带风华唱出个风华绝代。

那一年的深秋时节，我们一起去了山阳的双凤寨，她在山顶上半人高的野生花海中唱《天女散花》，那一刻万籁俱静，只有风声在做仙女的伴奏。她的唱腔动情处悱恻缠绵，舒缓时绿水荡漾，叙事时饱满从容，哀伤处情深意长……

　　这一天，在天地之间的花海里，齐爱云一袭洁白长裙在花海中飘飘逸逸幽咽婉转，翩若惊鸿；长发在风中飘荡，清丽脱俗，恍如瑶台翩然轻落的玉色仙女，又似天上飞来的一朵白云，一曲清耳悦心的《天女散花》将天庭和人间的真善美交融阐释。此一刻，戏曲艺术被还原到了最本真的自然世界的舞台上，齐爱云素颜素服演了一场最好看的戏。

老，在一瞬间

　　我是鼓足了勇气来出版这本散文随笔集的，我一直羞于在现时代的文字墟里又增加自己这一片纸。

　　这半年多来，头发掉得惊心动魄。去年冬天还令许多人艳美称赞的菊花马尾不再炫耀于肩头，头顶上的发层日渐稀薄，大有肝胆俱裂的感觉。头发无岁月，梳下有春秋。暮年的烟雾以轰轰烈烈的脱发仪式开始在我的身上缭绕，甚至让我怀疑自己是否也曾拥有过青春。

　　当在某一个瞬间突然发现自己正在老去，这确实是一件猝不及防又令人惊骇的事。其实时光从来就没有停歇过，只不过我总以为还有大把可以奢侈挥霍的光阴，忽视了去聆听它铮铮走动的声音，而在某一个时刻我突然听到了时钟秒针旋转带来的风声，就像听觉器官瞬间变得灵敏了，我耳边所有的喧嚣刹那间归于宁静，于是整个世界仿佛都不存在了，只剩下这越来越响亮的时钟秒针顺时针旋转的声音。

一路走来，时间是这个世界上最准确的计量单位。光阴如水，哗哗流淌，指尖流沙，簌簌落下，我在时间的轴线上一天天老去。我恐惧衰老，甚至胜过恐惧死亡。身边的亲人和朋友不断地给我送来心灵鸡汤，他们在预言和预祝我变成一个优雅漂亮的老太太，但我还是死心塌地的留恋不舍我不太老的时候。这半年多来，我常常不由自主地回望走过的岁月，竟然有太多的怀念和留恋，我怕总有一天记忆随着衰老日益减退，这些怀念与留恋也会随岁月丢失，就想着在尚未老糊涂的时候为自己备份一个文件夹，以便在暮年的时候，当睡意沉沉，倦坐在炉边，取出这个文件夹，慢慢读它，一页一页地唤醒过往……这，也就是我果敢地出版这本散文集的初心吧。

这本文集是我将自己这十多年来一些有意与无意的文字筛选整理拼凑出来的。有一些是应时应景在报纸、杂志上发表过的，但更多的是心灵笔记，或者说喃喃自语。谈不上"无知者无畏"，也没有诚惶诚恐，于文学而言，本就不是我赖以生存需要耕耘的田地，还缺少了挥之不去苦苦依恋的情怀，充其量，我只算个文学堂会的票友，是客串，是自说自话，是自娱自乐。所以，我的文字首先是写给自己的，是灵动之后方才下笔的尽情尽兴。这些文字，记录的是生活中自省与自悟的感受，或是生命中业已消逝的某些东西的碎片和痕迹，还或是记忆中某种感觉的一种气息、一丝暖意。这些文字，就像我这个人一样，带着种种固有的印记和缺陷，但我必须保证真诚，换句话说就是，我必须先让自己感动。

光阴老了，却越发柔软了。流年似水，有些事情随风而逝了，有些事情被文字留住了痕迹，无论什么时候翻开来，总会勾起以往的回忆，让曾经呼啸而来。

散文讲的就是一个情分，是同亲人朋友间的交谈。我把这些零零碎碎散落在日子里的瞬息，这些走过岁月时留下或遗忘的心情，这些渐渐失去的光阴放在纸上娓娓道来……我相信，这世间总有一些与我灵魂相似的人，能够从这些文字里看见我内心深处不为人知的情义，懂得我的言外之意，理解我的山河万里，尊重我老年少女最后一片充满绿意的岛屿。

时光，还是有香气的，过往的风中一定藏着一万首诗，我们和岁月一样身在其中，采花入韵，读来，平仄有声，馨香满怀。我们也会和生活一样言不由衷，平凡普通还带着点平庸，有望而不得，也有悲欢离合。生活的秘密也许就在于幽微刹那，蓦然回首，越过柔软的光阴，在汉字辽阔的空间里动情动心，与这个陌生世界达成了悄然的和解。

世界莽莽，时间荒荒，幸而还有文字的一往情深给我温暖的能量，让我在季节循环播放的日子里，将美好的心念留存于字里行间，每一程都是真实地活过，然后用敲击键盘的节奏将它们码成岁月的花朵。

行进在老去的路上，心情总是一时忧虑，一时欢喜。过了花甲之岁才发现，被爱是人生的一种侥幸，满怀爱意地活着才是沧桑正道。

都道是，风华是一指流沙，苍老是一段年华。而现如今，年龄焦虑似乎变成了各个年龄段女性的常态，不再年轻，不再美丽，不再青春……在很多人眼里，女人的衰老如同豺狼虎豹，我也毫不脱俗地盘踞在这个阵营里。早在几年前，自打"眼部精华"快要见底时，我就诚惶诚恐张罗来，备战备荒似的囤货，从那个时候开始，我就知道：老，以迅雷不及掩耳之势附于我的脸上了。但我还是想"瞒天过海"自欺欺人地以为人是慢慢变老的，妄想用"精华"争分夺秒地与时光抗衡。这半年的经历才知道，其实不是，人是一瞬间变老的。就算是款款挽留，也依然徒增惆怅。

想想也是，每个人的生命其实都是向天借来的一段时光，连租期也没掌握在自己手中，不知道哪天生命就会走到尽头，何况天经地义的衰老。但我现在清醒地知道，生命毕竟没有年轻时那样奢侈，可以任性地挥霍。我会更加珍惜那些带着喜悦，带着善意，走近我身边的人，他们的身上，有着人性的光芒和生命本真的纯良。我会用更温柔的眼眸去看世界，要将这世间我能感觉到的美好，将我的真情与感动，用文字的方式叠印起来，拷贝成我暮年慰藉灵魂的硬盘。

人生早早晚晚终将画上句号，这本散文集就算是我在句号前又多加了一个逗号而已。你看，远方如昨，很多的故事依然还记得；你看，往事并不如烟，所遇的真情就留守在这些片段里。苍天易老人亦老，但有些东西永远不会老，比如爱，比如希望……

2021 年 7 月 25 日

于古城长安